Heinrich Lessmann

Die Kyrossage in Europa

Heinrich Lessmann

Die Kyrossage in Europa

ISBN/EAN: 9783741173257

Hergestellt in Europa, USA, Kanada, Australien, Japan

Cover: Foto ©Andreas Hilbeck / pixelio.de

Manufactured and distributed by brebook publishing software
(www.brebook.com)

Heinrich Lessmann

Die Kyrossage in Europa

Wissenschaftliche Beilage

zum

bericht über die Städtische Realschule zu Charlottenburg.

Ostern 1906.

Die Kyrossage in Europa

von

Oberlehrer Dr. Heinrich Lessmann.

Inhalt.

	Seite
Vorbemerkungen	3
1. Lug	13
2. Hamlet	18
3. Kaiser Heinrich	25
4. Genovefa	28
5. Wieland	32
6. Tell	34
7. Malandrach und Kaiser Trajan	46
8. Ugniegawas	47
Schlußwort	49

Die Kyrossage in Europa.

Vorbemerkungen.

Die Übereinstimmung in der Erkenntnis, daß in Erzählungen, die sich als „historisch" gebärden, in Wahrheit ein Mythos auf den Helden übertragen worden ist, ist wohl selten so groß gewesen, wie bei dem Berichte über das Jugendleben des zweiten, des großen Kyros. In diesem Falle war solche Erkenntnis von vornherein nahe gelegt durch den sich geradezu aufdrängenden Vergleich mit der Sage vom ersten Gründer der römischen Herrschaft. Was aber hier in die Augen fiel, das war das Zusammentreffen beider Berichte in der Aussetzung des späteren Reichsgründers, der von einer Wölfin oder Hündin gesäugt, dann von Hirten gefunden wurde, wie überhaupt in der Jugendgeschichte des Helden. Ein Zufall kam hier nicht in Frage, das war die gleiche Geschichte, von einem römischen Helden ebenso erzählt wie vom persischen. Das war sicher nicht zweimal passiert, in Latium wie in der Persis, ja es war überhaupt zu wunderbar, um glaubwürdig zu sein. Worin also beide Berichte überein stimmten, das war eine alte Sage, hier auf Kyros, dort auf Romulus (und Remus) übertragen. Durch den Vergleich beider Berichte ergab sich also, was „mythisch" war.

Der Vergleich ging aber weiter, denn abgesehen von ähnlichen griechischen und römischen Erzählungen konnte auch die Germanistik ihren Wolfdietrich beisteuern. Wieder ergab sich zwar sicher Übereinstimmendes, aber auch hier betraf dieses nur die Schicksale bald nach der Geburt, die Aussetzung und ihre nächsten Folgen. Weiter gesellte sich Mose dazu, ohne das Bild der Sage wesentlich zu ändern. Freilich, bei Kyros und Wolfdietrich fehlte die Wasserfahrt, bei Mose die Wölfin, wenigstens scheinbar, als wirkliche Tieramme; so wäre also die Romulus-Sage die vollständigste Erzählung, ja nur zu vollständig, denn Remus war sehr überflüssig, schien also zugefügt.

Mit diesem halb konstruierten, destillierten Hergange der fortschreitenden Erkenntnis wollen wir den Leser über das hinwegtäuschen, was er üblicher Weise an solcher Stelle erwartet, nämlich ein sehr überflüssiges Kapitel aus der Geschichte der Wissenschaft, eine Zeit und Kraft raubende, mechanische Kanzlistenarbeit, die den geistigen Magensaft des Genießenden verzehrt, ehe der Braten aufgetragen wird.

Das geschieht nicht aus Bequemlichkeit, sondern weil wir es für eine mit Wissenschaftlichkeit nicht vereinbare Zerfahrenheit und Gedankenlosigkeit halten, sich grundsätzlich erst zu verlaufen, ehe man den Weg findet.*)

Abzurechnen haben wir in Wahrheit nur mit drei Arbeiten:

Bauer: Die Kyrossage und Verwandtes (Sb. d. W. A. 1882).
Schubert: Herodots Darstellung der Cyrussage (Breslau 1890).
Hüsing: Beiträge zur Kyrossage (Orientalistische Litteraturztg. 1903 - 1906**)).

Ehe wir das aber tun, wird es durch die Verhältnisse notwendig gemacht, zu einigen Fragen und Begriffen erst Stellung zu nehmen. Das gehört in unser Thema, obgleich es von manchem Kritikus alter Observanz als „eine unnötige Polemik" empfunden werden mag, „die Verfasser besser unterdrückt hätte".

So liegt die Sache nicht! Wer mir den Boden unter den Füßen bestreitet, mit dem ist nicht zu rechten, vielmehr ist dann jede Verständigung ausgeschlossen.

Wenn also ein Germanist (W. Golther in seinem Handbuch der germanischen Mythologie) auf der ersten Seite schreibt:

„So lange Kelten, Germanen, Skythen, Slaven durcheinander geworfen werden, solange das historische Urteil über echt und unecht, alt und jung fehlt, ist der Begriff einer reinen, unverfälschten germanischen Mythologie undenkbar",
so muß ich Kritiken von diesem Standpunkte aus grundsätzlich ablehnen. Hier gibt es keine Brücke, wenigstens zur Zeit nicht, und nur die Folgezeit kann lehren, wer recht gehabt hat. Daher verzichte ich auf jede Kritik dieses Handbuches, muß aber zu seinen Grundsätzen Stellung nehmen.

Ich bin der Meinung, daß der Begriff einer „reinen, unverfälschten germanischen Mythologie" überhaupt ein Unding ist, eine kulturgeschichtliche Unmöglichkeit, und von einer griechischen usw. Mythologie gölte das in gleicher Weise. Ich bin ferner der Meinung, daß aus kulturgeschichtlichen Gründen Kelten, Germanen, Jranier und Inder usw. durch einander geworfen werden müssen, wenn man Mythen vergleichen will. Auf die Gestalt der Erzählung kommt es an, nicht auf ihren zufälligen Fundort. Und darum bin ich weiter der Meinung, daß ein historisches Urteil über alt und jung nur als Ergebnis, Endergebnis vielleicht, der vergleichenden Forschung gewonnen werden kann. Daß meine Anschauung von echt und unecht eine wesentlich andere als Golthers ist, zeigt mir eben sein Handbuch.

---

*) Diese Zeilen waren bereits geschrieben, als ich bei F. N. Finck: „Die Aufgabe und Gliederung der Sprachwissenschaft" im Vorworte las: „— habe ich dann auch davon abgesehen, bei jedem Problem die ganze Leidensgeschichte der früheren Verirrungen zu lesen."

**) Während des Druckes erscheint der Schlußbeitrag mit dem Vermerke: „Die bisher in der OLZ veröffentlichten Beiträge werden, dank der Güte des Herausgebers, mit Berichtigungen, Zusätzen und anderen Verbesserungen, sowie einem Verzeichnisse der Eigennamen als Sonderabdruck erscheinen."

Um den Unterschied von einer anderen Seite zu beleuchten, führe ich einen weiteren Satz Golthers an (S. 24):

„Wurde (— in Märchen und Sagen —) einem Jäger von einem Löwen die Faust abgebissen, so erinnerte man sich des nordischen Tyr, dem der Fenriswolf die Hand abbeißt. Wurden Riesen erschlagen, so mußte es Donar getan haben. Was rote Farbe trug, erinnerte überhaupt an den Rotbart. Entführungssagen und gefährliche Werbungen wurden zu Freyr's Werbung um Gerd gestellt.“

Meine Stellung zu diesen Vorwürfen gegen ältere Mythologen ist folgende: Vergleiche dieser Art sind notwendig; denn ohne Vergleichung der Motive lassen sich keine Mythen vergleichen. Man kann zwar auf ein übereinstimmendes Motiv keinen Beweis bauen, aber ein Vergleichspunkt muß immer der erste sein; die Erfahrung hat gelehrt, daß ihm andere zu folgen pflegen. Die Methode ist also nicht zu tadeln, es gibt gar keinen anderen Weg. Irrtümer aber müssen wir in Kauf nehmen. Unsere Aufgabe ist, Wahrheiten zu entdecken, nicht aber — lediglich Irrtümer zu vermeiden.

Ähnlich verschieden fällt natürlich unser Urteil über ältere Forscher aus. Uhlands mythologische Anschauungen sind von Siecke*) gründlich und endgültig widerlegt. Müllenhoff schätze ich, Schwartz verwerfe ich als Mythologen ganz. Der „spätere“ Mannhardt ist für mich lediglich Dämonologe, der für mythologische Fragen überhaupt nicht in Betracht kommt. Bugge und neuerdings E. H. Meyer muß ich als bedauerliche Auswüchse einer tendenziösen Richtung auffassen, die — vielleicht unbewußt — nicht sehen will.

Damit glaube ich meinen Standpunkt genügend von dem in der heutigen germanischen Philologie üblich gewordenen abgegrenzt zu haben. Um ihn auch nach der positiven Seite etwas genauer zu bezeichnen, schicke ich voraus, daß ich Hahn, Siecke, Gilbert, Boeklen, auch Stucken, Frobenius nahe stehe, sogar, den Grundsätzen nach, den in Acht und Bann getanen Sepp und Krause, deren Schwächen mir freilich nicht minder bewußt sind, als die von Uhland, Mannhardt, Golther, Kauffmann usw. In praktischen Fragen treffe ich auch oft mit Jiriczek, Hillebrandt und anderen zusammen. Das sind nur wenige Namen, aber aus der Menge so ausgewählt, wie sie für den vorliegenden Zweck am geeignetsten scheinen. Bunt genug ist die Auswahl, so klein sie ist.

Eine genauere Bestimmung des Standpunktes scheint mir nicht nötig, da wir in der vergleichenden Mythologie im allgemeinen nach gleicher Methode arbeiten. Das ist es, worauf es heute ankommt, die Besonderheiten des Standpunktes der Einzelnen kommen dem gegenüber eben so wenig in Frage, wie die verschiedene Form der Darstellung.

Das Vorstehende soll eine Art Berechtigungsnachweis darstellen. Daß ein solcher nötig ist, wird dem Mythologen, der mit orientalischen, ja überhaupt mit nichtindogermanischen Überlieferungen arbeitet, so ziemlich unfaßbar erscheinen. Aber seit Müllenhoffs Tode ist unsere

---

*) E. Siecke, Mythologische Briefe, Berlin 1901.

Germanistik in mythologischer Hinsicht in ein Fahrwasser getrieben, das nur noch dämonologische Gespensterschifflein zu tragen scheint. Man darf wohl ungestraft eine „(niedere) Mythologie" schreiben, in der so gut wie gar kein Mythos vorkommt; aber Mythen heranziehen, die nach den Ergebnissen litterargeschichtlicher Forschung um einige Jahrhunderte später erst — aufgeschrieben wurden als ihre Verwandten (und oft Abkömmlinge!) gelten als Simili-Fabrikate, auf die man sich nicht berufen dürfe. Wie sehr eine solche „Quellenkritik", die sich bei der Beurteilung des Alters einer Sage durch den Zeitpunkt ihrer ersten litterarischen Aufzeichnung beeinflussen läßt, in die Irre gehen kann, dafür ein warnendes Beispiel. E. H. Meyer sagt in seiner „Mythologie der Germanen" S. 431, das Alter der zahlreichen Sagen von der Springwurzel könne nicht über das Jahr 1520 — wohl verstanden, nach Christi Geburt meint er — hinauf bezeugt werden. Dabei hat er drolliger Weise übersehen, daß Plinius, Naturalis historia XXV, 5 schreibt: „Demokritos hat es gesagt und Theophrastus glaubte daran, es gebe ein Kraut, welches, wenn es von einem Vogel zu einem Baume gebracht werde, den Keil, den die Hirten hinein schlugen, durch bloße Berührung heraus zöge. Hat man davon auch keine zuverlässige Nachricht, so erregt es doch die volle Verwunderung und nötigt zu dem Geständnis, daß Vieles über das Gewöhnliche hinaus gehe." — Schlagend hat uns die Erforschung des alten Orients, deren chronologischer Gesichtswinkel nicht so eng ist, gezeigt, daß die heute bespöttelte „Wolf'sche Schule" noch immer auf richtigerem Wege wandelte als der viel gefeierte Mannhardt. Soviel zur Verständigung gegenüber dem Orientalisten.

Den Germanisten, der auf dem oben angedeuteten Standpunkte der Golther, E. H. Meyer usw. steht, bitten wir lediglich, Beiträge unserer Art als nicht in ihr Forschungsgebiet gehörig auch nicht mit einem Urteile bedenken zu wollen. Wir treiben Mythologie, jene aber Dämonologie und Litteraturgeschichte. Das sind drei verschiedene Reiche, und solche Auseinandersetzung dürfte in Wahrheit ein erster Schritt zur Annäherung und zur Anbahnung gemeinsames Arbeitens sein, dessen wir ja auf die Dauer doch nicht entraten können.

Also nochmals: Keine Polemik will ich mit Vorstehendem getrieben haben, aber die Daseinsberechtigung mythologischer Forschung auch auf europäischem Felde kann ich mir nicht in der bisher üblichen Weise absprechen lassen, heute nicht mehr. Daß solche Verwahrung nötig war, hat die Erfahrung leider allen Eingeweihten genugsam gezeigt.

Nun zur Abrechnung mit den drei vorgenannten Arbeiten.

Bauer nimmt die Sagen als zu leichte Ware*) und übersieht, wie viele feste Stoffe auch noch in der littcrarisch-aesthetisch gewürzten Brühe schwimmen. Die von ihm so eindringlich gepredigte Warnung, nicht zu systematisieren, hat er freilich selber nicht befolgt. Er hat sich der Tatsache nicht verschlossen, daß es bei den verschiedensten Völkern Europas und Asiens Sagen gibt, die der Kyrossage auffallend ähnlich sind. Wenn er nun diese Sagen heraus greift und gemeinsam behandelt, so trennt er sie ja von andern, ja, er versucht, das Herausgehobene in Untergruppen zu zerlegen, also zu systematisieren: „Lassen sich doch die hier behandelten Sagen und Märchen nicht einmal nach den zwei Gesichtspunkten disponieren, daß man jene, in denen die Aussetzung in einem Kästchen oder Körbchen, und jene, in denen das Hinaustragen in die Wildnis und die Ernährung der Kinder durch wilde Tiere verwendet erscheinen, zusammenfasst" (S. 569). — Der Versuch missriet, weil seine Grundlage verkehrt war.

Bauer nennt die Kyrossage und die ihr ähnlichen Sagen „Reichs-gründungssagen". Daraus geht hervor, daß er noch zu keiner ursprünglicheren Stufe vorgedrungen ist als bis zu der jüngeren, wo sich diese Erzählungen schon als Geschichte gebärden. Von dieser Entwicklungsstufe aber hat er eine schiefe Vorstellung, wenn er S. 495 sagt, daß die Geschichtsbücher anfänglich dieser Sagen nicht ganz entbehren können. Die „Geschichtsbücher", die er dabei im Auge hat, erzählen gar keine Geschichte, sondern Mythologie, bezw. Heldensage, die das Gewand der Geschichte angenommen hat. Es liegt also vielmehr umgekehrt so, daß diese „Geschichtsbücher" nicht ganz der Geschichte entbehren können, nämlich in dem, was sie von der jüngsten Vergangenheit und von der Gegenwart erzählen, weil man sonst ihre Verfasser der Lüge beschuldigt haben würde.

Für die überraschende Übereinstimmung der zahlreichen „Reichs-gründungssagen" stellt Bauer drei Möglichkeiten der Erklärung auf:

---

*) Er nennt sie S. 495 „zarte Geschöpfe der Phantasie". Und S. 569 sagt er: „Wer in der wissenschaftlichen Behandlung die mondumglänzte Zaubernacht in alter Pracht emporsteigen läßt, darf sich wohl hüten, daß sie ihm nicht den Sinn gefangen halte, und möge doch die flatterhaften Elfen. die in derselben in einander verfließend und gaukelnd ihn umschweben, nicht in ein System zu bringen suchen. Alter Glaube, Gelerntes und Neugeschaffenes werden hier stets im bunten Wechsel durch einander gehen, hier gibt es keine Zwecke und Tendenzen mehr, unbestritten herrscht die Phantasie, wer die luftigen Jungens derb anfaßt, dem zerfließen die Gestalten unter den Händen".

1. Die Gleichheit der im menschlichen Geiste überhaupt wirkenden Kräfte rufe analoge Erzählungen unabhängig von einander hervor - eine für den Mythenforscher seit Jakob Grimm überwundene Stufe der Anschauung.

2. Auf dem Wege litterarischer Beeinflussung und Übertragung sei die anfangs oberflächliche Ähnlichkeit verstärkt worden.

3. Müsse man auch der ursprünglichen Gemeinsamkeit der Vorstellungen bei verwandten Völkern ihr Recht lassen — was Bauer eben nicht tut.*)

Das Erste zeigt, daß Bauer kein Mythologe, das Zweite, daß er Litterarhistoriker, das Dritte, daß er Vertreter einer Einzelphilologie ist.

Im ersten Teile seiner Abhandlung geht nun Bauer die verschiedenen griechischen Schriftsteller durch, bei denen uns die Kyrossage selbst überliefert ist. Dabei verfährt er als Litterarhistoriker und Ästhetiker und erklärt daher manche Züge für „romanhafte Ausschmückung", für „Anekdote", für zufällige oder absichtliche oder gar tendenziöse Änderung der Schriftsteller, die sich gerade als Bruchstücke des zu Grunde liegenden Mythos erweisen. Welchen Schaden die litterarische Quellenkritik sich durch Vernachlässigung der Mythenforschung zuziehen kann, lehrt folgender Irrgang: „Einige Details, die am ehesten geeignet wären, gegen Ktesias' Darstellung Mißtrauen zu erwecken und in ihr bloß eine künstliche, gelehrte Fassung der Sage zu erblicken, fallen als Zusätze des Nikolaos hinweg. So ist vor allem die Verwendung des Kyros als Mundschenk augenscheinlich aus Xenophons Kyropädie genommen." (S. 522.) — Der mit „augenscheinlich" hier angedeutete Grund fällt jedenfalls weg. „Die törichten Antworten des Kaikhosrav erheitern den Schâh von Turân; auch hier muß man der Versuchung widerstehen, die persische Formulierung jener xenophontischen Scenen zu erblicken, in denen Kyros' kindliche Naivetät den Großvater ergötzt." (S. 599.) Dabei gibt Bauer zu, daß Xenophon für sein Werk aus persischen Liedern und epischer Überlieferung Teile seiner Darstellung geschöpft hat. Wir können ihm nicht beistimmen, wenn er meint, daß das, was er diesen Liedern entnommen hat, „irrelevante Dinge" seien. Der Entthroner als Mundschenk, die Verschlagenheit, mit der er zu seinem Ziele gelangt, vor allem die erheuchelte Dummheit erweisen sich durch den *consensus gentium* als echte Züge. „Wer Mandane in die Sage hineingebracht hat, läßt sich nicht entscheiden." (S. 517.) — Sie ist von Anfang an in der Sage und ein unabkömmlicher Bestandteil von ihr. „Es ist aber ferner auch nicht ganz abzuweisen, daß [bei Ktesias] eine bewußte Umgestaltung gerade des herodoteischen Berichtes stattgefunden hat. Die Zieheltern: der Hirte Mithradates und seine Gemahlin, sind in Ktesias' Darstellung zu den wirklichen Eltern des Kyros gemacht. der Name des ersteren ist, wie Astyages in Astyigas, in Atradates ge-

---

*) Immer und immer wieder mahnt er, daß man der Versuchung widerstehen müsse, den Analogieen eine größere Bedeutung als die der „zufälligen Übereinstimmung märchen- und sagenhafter Motive überhaupt" beimesse. Man sei nur zu leicht geneigt, den Grund für diese Analogieen in der gemeinsamen Abstammung dieser Völker zu suchen.

ändert, und seine Gemahlin heißt Argoste. Daß der Vater gelegentlich auch Bandit ist, wird nicht zu sehr premiert werden dürfen, im Anschluss an die zahlreichen Räuberromane seiner Zeit wird dies wohl Nikolaos aus Eigenem hinzugefügt haben." (S. 523.) Der Name Astyigas ist aber nicht aus „Astyages" geändert, sondern, wie die babylonischen Texte zeigen, die richtigere Form. Ebenso wenig ist der Name Mithradates in Atradates „geändert", sondern Ktesias war eben eine andere Form der Sage bekannt, in der der Beschützer des zukünftigen Entthroners Atradates hieß und nicht Mithradates*) und die auch sonst noch von der herodotischen Fassung abweichende Züge aufwies. Bauer huldigt der litterarhistorischen Gedankenlosigkeit, wenn er meint, daß eine Form der Sage darum schlecht bezeugt sei, weil sie ein verhältnismäßig später Schriftsteller bringe, und so wird wohl auch mit der Nachricht des Strabon, daß Kyros früher Agradates geheißen habe und nach seinem späteren Namen ein Fluß benannt worden sei, trotz Bauer etwas anzufangen sein.

Wertvoller ist bei Bauer der zweite Teil, seine Zusammenstellung von verwandten Sagen. Wenn er in der Sage von Romulus und Remus die Zwillinge erst aus dem Begriffe des Konsulates entwickelt sein läßt, so vernachlässigt er die ihm wohl bekannten griechischen Zwillingsaussetzungen (weiteren Stoff dieser Art steuert unsere Abhandlung bei). Bauer beschäftigt sich eingehend mit der Frage herodotischer Einwirkung bei Fabius Pictor, kommt aber zu dem Ergebnisse, daß seiner Darstellung der Gründungssage Roms römische Lokalüberlieferungen zu Grunde liegen. Römische Überlieferungen sicherlich, aber Lokalüberlieferungen möchten wir sie nicht gerade nennen. Wir freuen uns aber, daß Bauer S. 552 die Vermutung ausspricht: „Der Hirte Faustulus, der bei Fabius schon die Kinder auffindet, ist auch seinerseits wahrscheinlich nur eine Vermenschlichung des Gottes Faunus," und „auch die Möglichkeit wird nicht abzuweisen sein, daß der Hirte Mithradates bei Herodot nur ein Stellvertreter des Gottes Mithra selber ist." — Ei, ei, wer hätte das gedacht!

Die Parallelsagen, die Bauer aus dem Germanischen zur Kyrossage beigebracht hat, sind fast durchweg gut gewählt. Nur beweisen sie wieder viel mehr, als Bauer Wort haben will. „Große Ähnlichkeit mit dem Anfange der Geschichte von Sigurd in der Thidreksaga zeigt ferner die Legende von der Pfalzgräfin Genovefa schon in ihrer ältesten Fassung. Dem Artwin entspricht Golo, die mißglückte Verführung durch denselben wird ganz analog erzählt und selbst die Zunge des Hundes, die statt jener der verstoßenen Frau vorgezeigt wird, beziehungsweise in der nordischen Sage auf Hermanns Rat vorgezeigt werden soll, erscheint hier wie da. Das Kind Genovefas ernährt bekanntlich ebenfalls eine Hindin, das Tier, das in den früher erwähnten griechischen Sagen so oft erscheint und doch besteht hier weder eine ursprüngliche Gemeinschaft noch

---

*) Eher wäre es möglich, daß auch Herodotos „Atradates" geschrieben hätte und der so viel geläufigere Name Mithradates durch einen Abschreiber in die Handschriften gekommen wäre.

eine Übertragung, wie man freilich auch angenommen hat, sondern es ist nach Seufferts gelungenem Nachweise die Legende von Genovefa aus den mannigfachsten Elementen, größtenteils historischen, zwischen 1325 und 1425 von einem Laacher Mönche im Interesse der dortigen Frauenkirche verfaßt worden." (S. 555.) „Gelungen" scheint mir dieser „Nachweis" des Litterarhistorikers Seuffert*) freilich auch, nämlich insofern als er mich stark an die „Kritik" erinnert, die E H. Meyer an der Sage von der Springwurzel geübt hat.

Bauer zieht weiter aus dem Indischen die Sage von Karna, aus dem Persischen die Sage von Kaichosrav (Husrava) und aus dem Neupersischen die Sage von Ardaschir dem Sāsāniden heran. Fast alle diese Sagen, auch die zahlreichen von ihm angeführten griechischen, hat Schubert dann wieder aufgenommen und eingehender behandelt.

Die Hauptschwächen **Schuberts** sind im ersten Beitrage Hüsings schon richtig gewürdigt. Sie liegen in der vorzeitigen Bestimmung des Begriffes „Kyrossage" und der damit zusammenhangenden Vernachlässigung, ja Ausschließung desjenigen Stoffes, der nicht durch das Motiv der Aussetzung als zugehörig gekennzeichnet ist. Ein einzelnes Motiv aber kann ebenso verloren gehen, wie auch möglicher Weise in eine andere Sage übernommen werden, in die es eigentlich nicht gehört. So hat also Schubert gerade die iranische Hauptsage von Aschdahak weggelassen.**) Wenn aber Hüsing die Heranziehung der slavischen Sage rügt, weil ihre beiden Helden der „Baumausreißer" und der „Steinausreißer" sind, so möchte ich doch die Vermutung offen lassen, daß eben auch diese beiden in unsere Sage gehören. Sie sind ja die beiden ungetreuen Brüder, und daß die Rôstahm-Sage, in die sie zu gehören scheinen (vgl. die „Sigfridsmärchen"), mit der Kyros-Sage verwandt ist, sagt ja Hüsing kurz vorher selbst. Ja, die Bemerkung über Trita (im III. Btr.) verrät wohl, daß auch Hüsing einen engeren Zusammenhang annimmt, als er anfänglich Wort haben will, denn die beiden Brüder Tritas sind ja die ungetreuen. (Freilich, der „Dritte" ist nicht ohne weiteres gleich dem „Sohne des Dritten.") Wir wollen also abwarten, ob Schubert hier nicht doch noch, in anderem Sinne, Recht behält.

Jeder schreibt von seinem Standorte aus, und das ist ja auch gut. Ich möchte mich bei einer Charakterisierung der Arbeit Schuberts mehr an sein eigenes Programm halten. Er geht bei seiner Sammlung des Stoffes von Herodotos aus, auf Nikolaos kommt er erst S. 58 zu sprechen. Darum geht ihm der Überblick über das mit Kyros verknüpfte Material verloren, und infolge dessen verliert er den Blick für weiteren Stoff, z. B. auch gerade den der Aschdahaksage. Daß Schubert diese nicht von vorn herein heran gezogen hat, obgleich die Beziehung des Aschdahak auf den Mederkönig „Astyages" längst bekannt war, findet seine Erklärung wohl darin, daß Schubert eigentlich überhaupt nur die Sagengestalt des Kyros selbst und der ihm ent-

---

*) B. Seuffert, die Legende von der Pfalzgräfin Genovefa. Würzburg 1877. Gegenüber J. Zacher, die Historie von der Pfalzgräfin Genovefa, Königsberg 1860 bildet die Seuffert'sche Schrift einen ganz entschiedenen Rückschritt.

**) vgl. Hüsing II.

sprechenden behandelt, nicht aber die ganze Sage. Denn alle übrigen Gestalten, Kambyses, Mandane und Astyigas werden von vorn herein vernachlässigt, vor allem die Verfolgung der „Erzählung von der Bewirtung mit dem gebratenen Kinde", die bei Schubert erst S. 77 nachkommt, während sie an den Anfang gehört hätte, wo sie überliefert ist. Das alles wird verständlich, wenn man bei Schubert den ersten Absatz liest: „Die Cyrussage ist, wie sie uns bei Herodot vorliegt, aus drei verschiedenen Bestandteilen zusammengesetzt. Diese Bestandteile sind 1. eine Sage von der Aussetzung und wunderbaren Errettung des Cyrus, 2. eine Erzählung von dem Emporkommen des Cyrus und dem Sturze des Astyages, und 3. ein Bericht über die großen Verdienste des Harpagus um Cyrus."

Die „Zusammensetzung" ist also für Schubert Glaubenssatz. und dieser stammt aus der litterargeschichtlichen Kritik, deren Ergebnis für mythologische Fragen sich auch hier wieder als falsch heraus gestellt · hat. Es ist lehrreich zu sehen, wie Schubert, der doch auch vergleichende Mythologie treibt, durch das Ergebnis der Quellenkritik irre geleitet wird. Er hätte eben umgekehrt erst die Sage zu Ende bearbeiten sollen — soweit er konnte — und dann die Quellenkritik nachholen. denn vorher war sie nicht möglich. Wie weit er übrigens von der Vergleichung der Aschdahaksage und ihrer Spielformen entfernt war. zeigt S. 41 der Satz: „Um eine Todesgefahr, in welcher der Knabe geschwebt hätte, zu konstruieren, erfand man, daß der König selbst ihm nach dem Leben getrachtet habe, da er .... in große Besorgnis geraten wäre, daß er einst seine eigene Herrschaft an ihn werde verlieren müssen." Also alles auf den Kopf gestellt entgegen dem *consensus gentium*, den Schubert selbst anführt.

Damit haben wir auch zu Schuberts Arbeit in großen Zügen, aber wohl im wesentlichen, Stellung genommen. Auf Einzelheiten, besonders auf das von ihm zusammengetragene europäische Sagengut. werden wir am gegebenen Orte noch zu sprechen kommen müssen. Das ist eigentlich die Hauptsache, um deren willen wir vorher mit dem Gedankenaufbau im allgemeinen abrechnen. Eine eigentliche „Kritik" soll es nicht sein, bei solcher würde Schubert wesentlich besser sich darstellen.

Wir kommen zur dritten Arbeit, zu **Hüsings** „Beiträgen".

Hier sind vor allem zwei Dinge zu bedauern: 1. Das Nebeneinander einzelner Abhandlungen, von denen die späteren offenbar nur nachträglich eingefügten Bezug auf ihre Vorgänger nehmen, sodaß dem Leser der Überblick sehr erschwert wird, und 2. daß für die iranischen Überlieferungen eine Vertrautheit mit ihnen vorausgesetzt wird, die sich der Mythologe heute schwer erwerben kann.

Freilich, wegen des Ersteren wird man sein inneres Grollen zurück halten müssen, wenn man im I. Btr. liest, wie sich das erklärt. Es sollen eben nur Bausteine sein, weil Hüsing es noch nicht für an der Zeit hält, den Bau aufzuführen. Das mag furchtbar vernünftig sein, erfordert aber auch von seiten des Lesers ein hohes Maß von Selbstverleugnung.

Das Zweite steht damit natürlich im Zusammenhange. erfährt aber noch eine Steigerung dadurch, daß Hüsing geflissentlich die iranischen Namen in ihren alten Formen anführt. Der Zweck hat mir lange nicht eingeleuchtet. Ich ersehe aber aus Justis Iranischem Namenbuche (Marburg 1895), wie viele verschiedene Namenformen oft überliefert sind, z. B. *Frasijak, Frasiaf, Frasiab, Frasiat, Afrasiab,* — ganz verderbter Formen zu geschweigen — die Hüsing in Frangrasja herstellt (ng = gutturaler Nasalis wie in „singen"), und sehe zugleich, daß auch Justi die alte Form zu Grunde legt, wenn sie auch bei ihm (S. 103) etwas anders aussieht*). Auch dieses Vorgehen Hüsings wird sich also wohl als notwendig erweisen. Als eine kleine Abschlagszahlung darf wohl seine „Iranische Mythologie" (Spamer 1905) gelten, die aber, ihrem besonderen Zwecke entsprechend, umgekehrt wieder zu viel Fertiges hinstellt und keine Quellen angibt. Aber wo noch so viel zu tun ist, müssen wir schließlich für alles dankbar sein.

Im übrigen schreibt Hüsing wie Schubert eigentlich nicht als Mythologe, sondern als Historiker. Er will die iranische Kyrossage in ihrem vollen Umfange feststellen, auch über das von den Griechen Berichtete hinaus, um dann die Mythenbruchstücke von der griechischen Überlieferung subtrahieren und als Rest das Geschichtliche zu erhalten, und zwar unter der Voraussetzung, daß Geschichte und Mythos in gewissen Punkten überein stimmen mußten, wenn der Mythos, und gerade dieser Mythos, gerade auf Kyros übertragen wurde.

Wieder zeigt sich dabei die gleiche Selbstverleugnung: „Zuerst gilt es, den Mythos von den Verunreinigungen durch historische Ingredienzien zu säubern", Btr. VI. Also die Umkehrung muß methodisch erst später erfolgen! Dem entsprechend sind die „Bausteine" für eine breite Grundlage bestimmt, und es soll nichts aus dem Auge gelassen werden, was dem Verfasser in Sicht kommt, wenn es möglicher Weise für die Kyrossage in Betracht kommt.

Diese sorgfältige Restaurationsarbeit legt aber infolgedessen ungeordnet gut erhaltene Fundstücke neben gerade noch erkennbare und zweifelhafte: bei aller Folgerichtigkeit der Methode enthält das für den Leser den Zwang, den Grad der Schärfe seiner Kritik immer wieder zu wechseln. So ist Btr. V (und IX?) für die Kyros-Sage eigentlich noch Zukunftsmusik. Aber auch darin soll man wieder vorsichtig sein, denn der III. Btr. machte z. T. den gleichen Eindruck, der X. zeigt aber, wie wichtig der III. war. Ähnlich verhält sich VIII zum Ende von II.

Den in den Beiträgen verstreuten allgemeinen Bemerkungen über mythologische Forschung schließe ich mich ziemlich rückhaltlos an und verliere darüber weiter kein Wort. Daß auch allerlei andere historische und philologische Anmerkungen unterlaufen, ist mit Rücksicht auf den Zweck selbstverständlich; sogar die Bemerkung über Schargani am Schlusse von III ist keine bloß gelegentliche, hätte sogar, wie manche andere, etwas breiter ausfallen dürfen, dann verstünde der Leser sie schneller. Jedenfalls zeigt die Legende, mit welch gewaltigen Zeiträumen die Mythologie zu rechnen hat! Selbst hier ist

---

*) Zudem will Hüsing die Nominativform bieten (Btr. I) anstatt des Stammes, wobei er die persische Form bevorzugt, wie das Vorwort seiner kleinen Iranischen Mythologie zeigt.

aber jeder Schluß auf den Gang der Entlehnung unterdrückt, so nahe
er dem Verfasser gelegen haben muß; das geschieht also grundsätzlich.
   Schon aus dem bisher Angeführten ist es selbstverständlich, daß
die Erforschung der Kyros-Sage durch Hüsings Vorarbeit
in ein neues Stadium gerückt wird. Die Sage ist ja als solche
iranisch, und der Verfasser packt sie vom Standpunkte des Iranisten.
Aber es handelt sich um einen Mythos, und der Verfasser erweist sich
als methodisch geschulter Mythologe.
   So ergibt sich zum ersten Male die unendlich weitgehende Ver-
ästelung und Verzweigung eines arischen Mythos, eines ganzen
Mythos, nicht einzelner Motivgruppen, eines Mythos, der in verschiedene
Typen sich gliedert (z. B. Rostahm-Sigfried, Perseus), und damit ein
erster tieferer Einblick in die Mythenzusammenhänge überhaupt, ein Ausblick auf das, was die Mythologie uns werden kann und
wo sie hinaus will. Zugleich ist der Bann gebrochen, der mit der Vorstellung
auf uns lag, im „Lande der Sonne" sei der Sonnengott verehrt
worden — eine glänzende Rechtfertigung für so manche verworfene
Theorie Hahns, Hillebrandts, Sieckes ganz besonders, und anderer mehr.
   Doch das berührt unsere Arbeit nur nebenher. Das wesentliche
Ergebnis lautet dahin, daß die Kyrossage beginnt mit dem Sturze
eines guten Herrschers und Richters durch einen blutigen
Tyrannen, dem geweissagt wird, daß er durch den Sohn seiner
Tochter untergehen wird. Daher wird die Tochter in den
Turm gesperrt, bis einer der drei Schmiedebrüder zu ihr dringt.
Sie gebiert drei Söhne, die der Großvater nun verfolgt. Dabei
kommt es zum Kindermorde, ja zum Braten von (zwei) Knaben,
die dem Vater zum Mahle vorgesetzt werden. Der jüngste Sohn
aber entkommt, im Schutze seiner Vaterbrüder, während der ge-
fangene Vater sein Leben lassen muß. Der junge Schmied nimmt
die Vaterrache, wird König und Dynastiegründer.
   Das die wesentlichen Züge. Auf Einzelheiten, die wir hier alle
unterdrücken, (wie schon die Aussetzung im Wasser, die Tieramme,
der Knabe als Richter usw) kommen wir natürlich bei der Ausführung
zu sprechen.
   Daß die Kyrossage in Europa bekannt gewesen ist, braucht hier
nicht mehr bewiesen zu werden. Es ist schon reichlicher Stoff dafür
zusammen getragen, und die bisherigen Ausführungen darüber zu wieder-
holen, wäre nach dem oben Ausgeführten müßig. Ich behandle also
nur diejenigen europäischen Sagen, die sich entweder jetzt erst als zur
Kyrossage gehörig heraus stellen oder in denen neue Motive als der
Kyrossage angehörig nunmehr erkannt werden können.

---

1. Lug.

   In ganz auffälliger Reinheit und Vollständigkeit weist eine Sage
der Kelten, also gerade der westlichsten Arier, den Grundtypus der
Kyrossage auf, die **Lugsage**. Auf sie hat Hüsing im III. Beitr. aufmerksam gemacht. Er betont dort, daß wir in ihr das gleiche Aufgebot
von Personen haben wie in der Kyrossage, nämlich einen Tyrannen,

dem geweissagt ist, daß ihn sein Enkel stürzen werde, ihm gegenüber stehend eine Brüderdreiheit, die eine Schmiede besitzt, und drei Enkel, Kinder seiner Tochter und eines der drei Schmiedebrüder. Hier wie in der Kyrossage wird der Gatte der Tochter des Tyrannen von diesem getötet, und auch die Wunderkuh fehlt nicht.

Es gilt also zunächst, auf diese Sage, die bereits von Ernst Krause*) mit einigen verwandten Sagen verglichen worden ist, näher einzugehen. In den bei Krause citierten Annals**) teilt sie der Herausgeber O'Donovan nach mündlicher Überlieferung mit, wie sie ihm von einem Einwohner von Tory Island, Shane O'Dugan, im Jahre 1835 diktiert wurde.

Auf Tory Island lebte einmal ein räuberischer Riese Balor (*Tyrann*), der ein Auge mitten auf der Stirn (*Kyklops*) und eins am Hinterkopfe hatte. Da dieses die Kraft hatte, durch seinen häßlichen verzerrten Blick und durch seine Strahlen und Giftfarben zu versteinern — noch heute heißt bei den Iren der „böse Blick" Balors Auge — öffnete er es nur, wenn er in Gefahr war. Weil ihm geweissagt war, daß er durch einen seiner Enkel getötet werden würde (*Weissagung*), sperrte er seine Tochter Ethnea, sein einziges Kind, (*Erbtochter*) in einen Turm ein, der auf einer unzugänglichen Höhe, Tor More genannt, lag, (*Turm*). Dort ließ er sie von 12 Matronen bewachen, die niemals einen Mann zu ihr lassen und überhaupt niemals das andere Geschlecht ihr gegenüber erwähnen sollten (*Aufwachsen in Unkenntnis*). Ethnea aber befragte sie oft, auf welche Weise sie denn selbst zur Welt gekommen sei und was das denn für ganz anders geartete Menschen seien, die sie immer auf Kähnen auf der See herumrudern sähe. Oft erzählte sie ihnen auch von Träumen***), die ihr Genüsse ganz unbekannter Art vorspiegelten.

Auf der gegenüber liegenden Küste von Irland, in Donegal, wohnten zu derselben Zeit drei Brüder Gavida, Mac Samhthiann und Mac Kineely, die eine Schmiede besaßen (*Drei Schmiedebrüder*). Als Schmied ausdrücklich bezeichnet wird nur Gavida. Die Schmiede lag in Drummatine. Mac Kineely besaß eine grüne (O'Donovan) oder graue (Rhys†)) oder blaue (Arbois de Jubainville††)) Wunderkuh (*Glas Gaivlen*), die so viel Milch spendete, daß alle seine Nachbarn danach strebten, sie zu besitzen und er sie beständig bewachen mußte, damit sie ihm nicht gestohlen würde (*Wunderkuh*). Auch Balor trachtete danach, sie ihm zu rauben, obwohl er bereits ungeheure Schätze besaß, die er sich durch Kapern von Schiffen, Fesselung der Insassen und Wegnahme ihrer Güter erworben hatte, und ihm gelang es durch eine List, sich der Wunderkuh zu bemächtigen. Eines Tages begab sich nämlich Mac Kineely in die Schmiede Gavidas, um von ihm ein

---

*) E. Krause. Die Trojaburgen Nordeuropas, Glogau 1893. s. 187.
**) O'Donovan. Annals of the Kingdom of Ireland by the Four Masters, Dublin 1851, T. I p. 18—21 Rem.
***) Vielfach wird auch der Traum des Tyrannen, der die Prophezeiung enthält, mit dem Traume der Erbtochter, der ihr den Geliebten vorspiegelt, verwechselt sein.
†) J. Rhys. On Celtic Heathendom, London 1888. S. 314.
††) Arbois de Jubainville. Le cycle mythologique irlandais. Paris 1889. S. 212.

paar Schwerter gemacht zu bekommen. Dabei führte er mit sich die Wunderkuh an einem Halfter, das er bei Tage ständig in der Hand hielt, bei Nacht aber zur Sicherung des kostbaren Tieres benützte. Diesmal jedoch vertraute er es, bevor er in die Schmiede hineinging, seinem Bruder Mac Samhthiann an, der gleichfalls wegen einer den Krieg betreffenden Angelegenheit in Drummatine sich aufhielt. Dann trat er in die Schmiede ein, um das Schwert richtig gestählt und gehärtet zu sehen. Jetzt ist also nur noch von einem Schwerte die Rede und zwar von der Erprobung desselben *(Schwerterprobe)*. Da trat Balor in Gestalt eines kleinen, rothaarigen Burschen *(Verwandlungsfähigkeit, Zauberer)* an Mac Samhthiann heran und sagte ihm, seine beiden Brüder verabredeten sich in der Schmiede. sein Schwert aus Eisen zu machen und den Stahl lediglich für ihre eigenen Schwerter zu verwenden. Mac Samhthiann wollte in die Schmiede gehen, um seine Brüder darüber zur Rede zu stellen und bat den rothaarigen Burschen, ihm derweilen die Kuh zu halten. Kaum wandte er sich der Schmiede zu, als Balor die Kuh mit der Schnelligkeit eines Blitzes nach Tory Island entführte. Der Ort, wo er sie am Schwanze hereinzog *(Rückwärtsziehen* der Rinder, vgl. den Raub der Rinder des Apollon durch Hermes und des Herakles - Geryoneus durch Kakus) heißt bis auf den heutigen Tag Port-na Glaise, Hafen der Glas. Als Mac Kineely seinen Bruder schreien hörte, wußte er sogleich, daß Balor seinen Zweck erreicht hatte und stürzte aus der Schmiede heraus. Er sah aber nur noch Balor und die Kuh in der Mitte des Sundes zwischen Tory Island und Donegal und strafte nun seinen Bruder für seine Unvorsichtigkeit mit Schlägen. Da Mac Kineely von einem Druiden geweissagt wurde, daß er die Wunderkuh nur durch Tötung Balors wieder erlangen könnte, weil dieser von nun an, um sie zu bewachen, niemals mehr sein Basiliskenauge schließen würde, verkleidete er sich *(Verkleidung)* auf den Rat eines weiblichen Hausgeistes, der Biroge vom Berge *(Hülfreiche Alte* oder Pflegemutter? vgl. die Taltiu S. 17) als Frau und ließ sich von ihr quer über den Sund durch die Luft *(Luftfahrt)* nach Tor More auf die Spitze des Turmes, in dem Ethnea gefangen gehalten wurde, tragen. Dort gab Biroge den Mac Kineely als eine Frau aus, die sie soeben aus der Gewalt eines grausamen Tyrannen befreit habe, der sie aus der Mitte ihres Volkes hätte entführen wollen. Ethnea aber erkannte in dem Gesichte der eingeführten edlen Frau eins derer wieder, die sie im Traume so entzückt hatten, und verliebte sich in die Fremde. Biroge schläferte die 12 Matronen ein *(Einschläfern)*. Nach einiger Zeit trug sie Mac Kineely durch die Luft unsichtbar nach Drummatine zurück. Als die Wächterinnen wieder erwachten und den Schützling der Biroge nicht mehr sahen, redeten sie Ethnea ein, das Ganze sei nur ein Traum gewesen, sie solle aber ihrem Vater nichts davon erzählen. Nach 9 Monaten gebar sie jedoch drei Knaben *(drei Tritasöhne)*, die nun von ihrem Großvater verfolgt wurden *(Verfolgung)*. Er befahl, sie in einem von ihm bezeichneten Strudel zu ertränken.

Aber bevor das Boot jene Stelle erreichte, fiel die Nadel, die das Tuch zusammen hielt, heraus, und der eine Knabe stürzte in einen Hafen, der deshalb noch heute Port-a-deilg „der Hafen der Nadel"

heißt, während die beiden anderen in den Strudel geworfen wurden
Der vorher herausgefallene aber wurde, obwohl er auf den Grund
sank, von Biroge gerettet *(Wasserfahrt)* und seinem Vater Mac Kineely
übergeben, der ihn seinem Bruder Gavida anvertraute, *(Flüchtung)*, um
aus ihm einen geschickten Schmied zu machen *(Schmiedelehrling)*. Nachdem Balor ermittelt hatte, daß Mac Kineely der Erzeuger der drei
Knaben war, landete er mit einer Schar von Räubern an der Küste
von Donegal und schlug Mac Kineely, den er bei den Haaren, seine
Helfershelfer bei den Armen und Beinen festhielten, auf einem weißen
Steine *(Stein)* mit einem Schlage seines wuchtigen Schwertes das Haupt
ab *(Enthauptung)*. Aber die von dem Blute des Ermordeten herrührenden,
roten Adern in diesem Steine, der noch heute Cloch Chinnfhaolaidh
heißt, hielten in dem inzwischen herangewachsenen Sohne Mac Kineelys
und Ethneas stets den Gedanken der Vaterrache *(Vaterrache)* wach.
Balor, der nun über das Schicksal den Sieg davon getragen zu haben
glaubte, zwang Gavida, ihm zu dienen und beschäftigte ihn damit, alle
seine Kriegswaffen zu machen. Er kam deshalb häufig nach Drummatine und faßte zu dem jungen Schmiedelehrling, dessen Herkunft er
nicht ahnte, eine große Zuneigung. Als er aber einmal bei einem solchen
Besuche in Abwesenheit Gavidas sich vor dem Knaben seines Sieges
über Mac Kineely rühmte, nahm dieser eine glühende Eisenstange aus
dem Feuer und warf sie mit solcher Wucht in das Basiliskenauge
Balors, daß sie zur andern Seite des Kopfes wieder herauskam.
(Durchbohrung, Blendung).

In dieser aus der lebendigen Volksüberlieferung aufgezeichneten
Sage fehlt also von den Hauptmotiven der Kyrossage nur der gute
Herrscher, den Balor entthront haben müßte und das Braten zweier
Knaben, die aber wenigstens getötet werden. Wenn man jedoch, wie
O'Donovan weiter mitteilt, in ganz Irland den Namen Balor Bei-
meanns d. h. des gewaltig schlagenden*) dazu benützt, um die
unartigen Kinder einzuschüchtern, so enthält das vielleicht nicht bloß
einen Hinweis darauf, daß er schlägt, sondern auch darauf, daß er die
Kinder frißt, bezw. in den Sack, in das Tuch, steckt.**) In der eigent-
lichen Kyrossage ist es ja nun freilich einer der drei Schmiedebrüder,
dem vom Tyrannen seine zwei Söhne gebraten vorgesetzt werden. Daß
aber auch der Tyrann die eigenartige Mahlzeit einnehmen kann, um
das ihm geweissagte Geschick zu vereiteln, beweist Kronos, der Hades
und Poseidon verschlingt.

Ein wichtiges, ziemlich altes Zeugnis für das Vorhandensein der
Lugsage findet sich in dem aus dem 11./12. Jahrh. stammenden Lebor
Gabala, dem Buche der Eroberungen. Die Stellen***) lauten nach
der ältesten Handschrift, dem Buche von Leinster S. 9, Sp. 1 Z. 9 v. u. ff:
„Es gab Cian mac Deinchecht, für den Scal balb (d. h. „der
stumme Riese") ein anderer Name ist, seinen Sohn Lug ihr (d. h. der
Taltiu, der Gattin des letzten von den Tuatha Dé Danann in der
ersten Schlacht von Mag Tured [Moytura] getöteten Königs der

---

*) Wie bei uns den des schwarzen Mannes.
**) Vgl. unsern Knecht Rupprecht mit der Rute und dem Sack.
***) Den Nachweis dieser Stellen und ihre Übersetzung verdanke ich der gütigen
Mitteilung von Herrn Prof. Dr. Zimmer-Berlin.

Firbolg) zum Aufziehen: Eithne, die Tochter des Balor mit den mächtigen Hieben war seine (d. h. des Lug) Mutter" und S. 9, Sp. 2 Z. 1—9 „Nuado Silberhand nun fiel in der letzten Schlacht von Mag Tured (Moytura) und Macha, die Tochter des Ernmas, von der Hand des Balor mit den mächtigen Hieben (balcbeimnech.) In dieser Schlacht fiel Ogma, Sohn des Eladan, des Sohnes von Net durch Indech mac De, den König der Riesen (fomorach); es fiel Bruidne und Calmal durch Ochtrilach mac Ninnich. Nach der Ermordung nun des Nuado und der genannten Männer gaben die Tuatha Dé Danann die Herrschaft dem Lug, und es fiel durch ihn sein Großvater, d. h. Balor, durch einen Stein aus seiner Schleuder. Es war nun Lug mac Eithnend (d. h. Lug, Sohn der Ethniu) 9 Jahre in der Herrschaft über Irland nach der letzten Schlacht von Mag Tured."

Wir sehen also, daß diese Sage wie die von Kyros und Romulus auch zur Fabrikation von Geschichte „verwertet" worden ist, und da taucht auch sogleich wieder der vom Tyrannen entthronte gute Herrscher auf, der übrigens auch in dem Texte der „Annalen des Königreiches Irland von den 4 Meistern" genannt ist. Es ist Nuado Silberhand. Zugleich erfahren wir hier den Namen des Enkels, der seinen Großvater Balor tötet. Er heißt Lug mac Eithnend, d. h. Sohn der Eithniu oder Eithne, der Tochter des Balor mit den mächtigen Hieben.

Außerdem erhalten wir hier eine vielleicht beachtenswerte Lesart der Vollziehung der Vaterrache. Lug tötet den Balor durch einen Stein (Stein) aus seiner Schleuder (tabhall). Bemerkenswert ist ferner die Regierungszeit Lugs. Es sind 9 Jahre, also wieder eine in der arischen Mythologie stetig wiederkehrende Zahl. Nach einer jüngeren irischen Chronik†) war er 27 (also 3 × 9) Jahre alt. als er seinen Großvater tötete. Nach dieser hat er allerdings als „12. König von Irland" 40 Jahre geherrscht, wieder ein Beweis, wie diese Geschichtsüberlieferung aufzufassen und allein zu entwirren ist. Auch die Erwähnung der Pflegemutter des Lug, der Taltiu, ist von Wichtigkeit. Die eben angeführte jüngere irische Chronik††) erzählt, daß er zu ihren Ehren auf Talten, einem Berge in Mide (der heutigen Grafschaft Meath) die taltenischen Spiele eingerichtet hat, die alljährlich am 1. August, dem Lughnas gefeiert werden. Warum gerade auf einem Berge? Sollte auch die Pflegemutter mit einem Berge etwas zu tun haben wie die „Biroge vom Berge" der Volksüberlieferung? Man denke auch an die Erdgöttin Spanta Aramatisch der Iranier, die Kybele, die ihren Namen vom Berge Kybelos hat und die Fee Pari Banu in 1001 Nacht.†††) Der zweite Gatte der Taltiu heißt Garbh, der also leichtlich mit dem Schmiede Gavida der Volksüberlieferung identisch sein könnte. Bei O'Flaherty hat auch Lug einen Beinamen, nämlich Longimanus, (Lambhfadha) d. h. Langhand, natürlich, seine Hand ist ja durch eine Schleuder verlängert. Übrigens erinnern die Kämpfe

---

†) O'Flaherty, Ogygia seu Rerum Hibernicarum Chronologia, London 1685 Part III, c. 12 u. 13.

††) und, wie ich durch eine weitere persönliche Mitteilung von Herrn Prof. Dr. Zimmer erfahren habe, auch schon der Lebor Gabala selbst.

†††) O. L. Z. 1905, Sp. 219 ff.

zwischen den Tuatha Dé Danann und den Fomorach, so wie die zwischen den Tuatha Dé Danann und den Firbolg fortwährend an die Kämpfe zwischen den Asen und Riesen und den Asen und Wanen der nordischen Mythologie, und Verschwägerungen zwischen den „feindlichen Familien" hin und her finden wir auch hier immer wieder. Ihnen entspricht die Verschwägerung zwischen Medern und Persern bei Herodotos und jene zwischen Iraniern und Turaniern bei Firdousi.

---

2. Hamlet.

Jiriczek*) hat die **Hamletsage** als eine Variante der iranischen Sage von Husrava (Kei Chosru) erkannt, die schon Schubert für eine Variante der Kyrossage erklärt hat. Die Verwandtschaftsverhältnisse brauchen nicht immer so zu liegen wie in der Lugsage und bei Kyros selbst. In der Sage von Romulus und Remus, an deren Zugehörigkeit zum Kyrostypus niemand zweifelt, verfolgt der Grossoheim die beiden Neffen, hier der Oheim den Neffen, bezw. die beiden Neffen, bezw. die drei Neffen.

**)Aurwandil (*der gute Herrscher*) wird durch seinen neidischen Bruder Fengo (*Tyrann*) gestürzt. Der Mörder heiratet die Frau des Getöteten, Gerutha, fürchtet aber die Rache des Sohnes dieses, des Hamlet. Um den Schein der Ungefährlichkeit zu erwecken, stellt sich Hamlet als Narr (*verstellter Wahnsinn*). Er hält sich absichtlich unsauber. Starrend von Kot sitzt er am Herde und wühlt mit den Händen in der Asche vgl. Biterolf. Dabei schnitzt er hölzerne Pflöcke, die er an den Enden mit Widerhaken versieht (*Kunstfertigkeit. Daidalos*). Gefragt, was er da treibe, antwortet er, er verfertige Pfeile zur Rache seines Vaters. Seine Geschicklichkeit aber erweckt bei den Beratern des Königs Verdacht. Auf Anordnung des Oheims begleiten ihn daher einige in den Wald, wo man ihm an einsamer Stelle ein schönes Mädchen begegnen läßt. Aber Hamlet stellt sich, durch die List eines getreuen Milchbruders gewarnt, in Gegenwart der Trabanten gleichgültig und bringt vielmehr das Mädchen (*Die Erbtochter?*) an einen einsamen Ort, wo er unbeobachtet ihre Liebe genießt. Hierauf rät ein anderer Vertrauter des Königs, Hamlet mit seiner Mutter allein zusammenkommen zu lassen und ihrer beider Gespräch zu belauschen. Er selbst erbietet sich dazu, wird aber von dem sich tobsüchtig gebärdenden Hamlet, bevor dieser mit der Mutter zu reden beginnt, unter dem Bettstroh entdeckt und erstochen, hierauf zerstückelt, gesotten und Schweinen zum Fraße vorgeworfen (*Zerstückelung. Gebraten und gegessen werden*). Das Schicksal dieses Lauschers, des Polonius bei Shakespeare, ähnelt dem der beiden Söhne des Arpagos und des Knaben im deutschen Märchen vom Machandelboom. Daß es in der Hamletsage nicht der Tyrann ist, der die Zerstückelung vornimmt, sondern der Verfolgte, ändert nichts an der Tatsache, daß hier

---

*) Zs. für Volkskunde 1900, S. 353 Die Hamletsage in Iran.
**) Saxo Grammatikus, übers. v. H. Jantzen S. 140—170.

ein Motiv der Kyrossage vorliegt, vergl. unten die Ausführungen über die Wielandsage. Fengo schickt nun Hamlet mit einem Briefe an den König von Britannien, in welchem er diesen auffordert, den Überbringer nach der Ankunft zu töten *(Brief)*. Auf dieser Fahrt ist Hamlet von 2 Vertrauten des Königs begleitet, die den Inhalt des Briefes kennen *(den beiden ungetreuen Gefährten des Trita)*, Rosenkranz und Güldenstern bei Shakespeare. Hamlet durchsucht, während sie schlafen, ihre Taschen und findet darin das Schreiben, das er dahin ändert, daß der König von Britannien die beiden Begleiter töten und ihn selber mit seiner Tochter verheiraten solle. Er läßt sich für die Toten Wergeld geben, das er in hohle Stöcke gießt *(Kunstfertigkeit)*. Dieser Zug entspricht der Verarbeitung der Augen und Schädel der beiden getöteten Knaben durch Wieland. Bei seiner Abreise hat Hamlet seine Mutter gebeten, die Halle Fengos mit geknüpften Geweben zu behängen und nach Verlauf eines Jahres für ihn zum Schein eine Totenfeier zu veranstalten. Während des Totenmahles erscheint er selbst und bedient die Zecher *(Mundschenk)*. Er nötigt sie fortwährend zum Trinken und füllt sie so mit Wein, daß sie berauscht auf den Boden der Halle zum Schlaf niedersinken *(Einschläfern)*. Dann läßt er das von seiner Mutter gefertigte Gewebe von den Wänden der Halle auf die Schlafenden herabfallen und verschlingt es mit Hülfe der von ihm früher hergestellten Hakenpflöcke in ein unauflösliches Gewirr *(Netz)*. Danach zündet er das Haus an und sucht Fengo in seinem eigenen Gemache auf. Da er wohl gemerkt hat, daß die Trinker sein Schwert vernagelt haben, vertauscht er es mit dem an der Wand hangenden Schwerte Fengos, weckt diesen und tötet ihn, der nun mit dem von der Wand herabgenommenen Schwerte sich nicht verteidigen kann, mit dessen eigener Waffe *(Durchbohrung)*. Nachdem Hamlet König geworden ist, begibt er sich zu seinem Schwiegervater, dem Könige von Britannien, der aber durch Blutbrüderschaft gezwungen ist, den ermordeten Fengo zu rächen und deshalb seinen Eidam ausschickt, um für ihn um die Königin Ermunthruda zu werben, von der bekannt ist, daß sie alle ihre Freier tötet. Der Werbebrief aber samt dem Schilde, auf dem Hamlets Taten dargestellt sind, *(Kunstfertigkeit?)* wird dem Schlafenden von einem Diener der Königin entwendet, und Ermunthruda ändert den Brief dahin ab, daß Hamlet selbst sich um die Königin bewirbt *(Brief)*. Als er mit seiner neuen Gemahlin nach Britannien zurückgekehrt ist, schützt er sich, von seiner ersten Frau gewarnt, durch einen unter dem Gewande angelegten Panzer gegen einen Meuchelmordversuch seines Schwiegervaters, bekämpft dann diesen in offener Feldschlacht und besiegt ihn, indem er die Leichen seiner am vorhergehenden Tage gefallenen Gefährten teils an Pfählen aufrichtet, teils an Steine anlehnt und teils wie lebend auf Pferde setzt und dadurch den Anschein einer größeren Streitkraft erweckt, als er wirklich zur Verfügung hat *(Tote und Lebende*))*. Dieser Teil des Berichtes des Saxo Grammatikus, vom Vollzuge der Vaterrache an, erweist sich deutlich als eine neue Variante der

---

*) vgl. Stucken: Beiträge zur orientalischen Mythologie (M V A G VII. 4. S. 3 ff.) und dazu Hüsing Btr. III.

Hamletsage, die der vorher erzählten Hauptlesart bereits so unähnlich geworden ist, daß man sie nicht mehr mit ihr in eine Gesamterzählung zusammen fassen konnte. Man ließ daher beide Fassungen hinter einander stehen. Daraus, daß der Britenkönig nur eine Dublette zu Fengo ist, erklärt es sich auch, daß sein Name ungenannt bleibt.

Der dänischen Hamletsage entspricht die isländische **Ambalessage*)**, die freilich in ihren Namen Spuren orientalischer und romanischer Einwirkung zeigt. Der Vater des Helden, Salman, König von Cimbria, ist hier der jüngste von drei Brüdern (*Trita*). Er wird von drei Feinden überfallen und gehenkt (*Galgen*). Ambales hat hier noch einen Bruder, Siguard. Beide sehen der Hinrichtung des Vaters zu. Siguard verrät Schmerz und wird deshalb getötet. Ambales stellt sich blöde und toll (*verstellter Wahnsinn*) und erreicht dadurch, daß er verschont wird. Die Mutter des Helden, Amba, wird auch hier von dem Nachfolger des Getöteten, Faustinus, geheiratet. Da er aber immer durch eine Zauberin (*Hülfreiche Alte*) an der Vollziehung des Beischlafs verhindert wird, nimmt er eine zweite Gemahlin. Das legt die Vermutung nahe, daß in der dänischen Sage die Bigamie bei der Zusammenschmelzung der Varianten mit Unrecht auf Hamlet übertragen worden ist. Ambales lebt nun wie Kyros eine Zeit lang bei Hirten, und wie Kyros durch Arpagos, wie Husrava durch Peran, so wird auch er durch einen bejahrten Ratgeber des Königs beschützt, gegen dessen Verfolgung er sich auch weiter noch selbst durch verstellten Wahnsinn sichert. Wie Hamlet schnitzt er nun Holzpflöcke (*Kunstfertigkeit*), wie dieser gibt er auf die Fragen seiner Umgebung Antworten, die lächerlich erscheinen und dennoch einen tiefen, auf seine Rachegedanken bezüglichen Sinn enthalten. Diese isländische Fassung hat auch die in der dänischen nicht enthaltene Weissagung bewahrt. Faustinus hat nämlich einen furchtbaren Traum (*Traum*), der ihm von seinem Ratgeber Addomolus dahin ausgelegt wird, daß ihm von Ambales Gefahr drohe (*Weissagung*). Der Zug ergänzt zugleich wieder die dänische Fassung in einem Punkte, wo diese oberflächlich begründet; denn in Folge dieses Traumes erbietet sich nun Addomolus, Ambales zu belauschen. Es ergeht ihm aber dabei ebenso wie dem Lauscher bei Saxo Grammatikus, und es folgt nun die gleiche Briefgeschichte wie dort. Ambales wird mit zwei Begleitern zu einem andern der drei Feinde seines Vaters, zu Tamerlan, geschickt, in Folge der von ihm vorgenommenen Briefvertauschung jedoch nicht getötet, sondern mit der Tochter dieses, Mesia, verheiratet. Auch die Vollziehung der Vaterrache verläuft hier etwas anders als wie bei Saxo Grammatikus. Ambales kriecht, nachdem er als Narr nach Cimbria zurückgekehrt und in die Halle, in der Faustinus und Malpriant, der dritte Feind seines Vaters sich befinden, eingeschlichen ist, unter die früher von ihm durchlöcherten Stühle der Sitzenden (*Stuhl*), zieht die Kleider hindurch und nagelt sie mit den in seiner Jugend verfertigten Holzpflöcken fest. Dann legt er Feuer an die Halle, in dem alle außer den beiden Frauen des Faustinus umkommen.

---

*) Sie ist in zwei Handschriften überliefert und noch nicht herausgegeben. Detter ZDA 36, S. 1 gibt eine Inhaltsangabe, läßt aber wichtige Züge aus, wie die Bemerkungen Jiriczeks Zs. für Volkskunde 1900, S. 353 zeigen.

Noch heute lebt auf Island die Hamletsage im Volksmunde fort, und zwar in einer Form, welche die beiden besprochenen in vielen Beziehungen an Echtheit und Altertümlichkeit noch übertrifft. Es handelt sich um die **Brjansage***). Hier ist der Held selber der jüngste von drei Söhnen eines alten Ehepaares (*drei Tritasöhne*). Alle fünf ernähren sich von einer einzigen Kuh (*Wunderkuh;* vgl. die Glas-Gaivlen des Mac Kineely in der Lugsage, die so viel Milch spendete, daß sie durch alle seine Nachbarn begehrt wurde). Der mächtige, reiche, aber geizige und habgierige König (*Tyrann*) schickt seine Knechte aus, um dem alten Manne die Kuh abzukaufen, und als dieser sie nicht herausgeben will, wird er von den Abgesandten des Königs erschlagen (*Ermordung des Trita*). Wie Siguard und Ambales so sind hier auch die drei Söhne des Ermordeten Zeugen der Tat. Die Mörder stellen sie auf die Probe, wie weit sie schon Verständnis dafür haben, indem sie sie fragen, wo ihnen der Tod des Vaters wehe tue. Die beiden ältesten zeigen auf das Herz und werden sofort getötet, der jüngste aber, Brjan, auf den Hintern und wird deshalb für ungefährlich gehalten und am Leben gelassen (*verstellter Wahnsinn*). Dieselbe Gebärde macht Ambales, als Faustinus später einmal an ihn die gleiche Frage richtet. Der tiefe Sinn der Antwort, der dem Frager verborgen bleiben muß, liegt darin, daß Ambales damit die Art und Weise andeutet, wie er sich dereinst an seinen Feinden zu rächen gedenkt. Brjan wächst nun bei der Mutter auf und gilt als ein reiner Simpel, da er eine Reihe dummer Streiche begeht, von denen auch Maurer erkannt hat, daß sie mit den klugen Taten des gescheiten Hans**) die „frappanteste Ähnlichkeit" haben. Nur hat hier die Familie des Königs alle Mal Schaden davon. Das Verfertigen der Holzstiftchen (*Kunstfertigkeit*) samt der sich daran schließenden Frage und Antwort findet hier an demselben Tage statt, an welchem Brjan in ganz ähnlicher Weise wie Ambales an den Mördern seines Vaters auch die Rache vollzieht. Nur tötet er sie nicht durch Feuer, sondern bewirkt durch das Festnageln an die Bank (*Stuhl*), daß sie in der Trunkenheit jeder den anderen beschuldigen, ihm den Streich gespielt zu haben, und einander gegenseitig töten, wobei auch der König umkommt. Hierauf heiratet Brjan die Tochter dieses (*Erbtochter*) und übernimmt nun selbst die Regierung, ein neuer Beweis dafür, daß Fengo und der Britenkönig ursprünglich eine Gestalt gewesen sein müssen.

Eine andere bei Saxo Grammatikus überlieferte Sage***) erzählt die Geschicke des Hamlet von zwei Knaben, **Harald** und **Halfdan**, den Söhnen Halfdans (*des guten Herrschers*), der von seinem grausamen Bruder Frodhi (*dem Tyrannen*) aus Neid getötet worden ist. Die beiden Knaben werden wieder von ihrem Oheim mit dem Tode bedroht (*Verfolgung*), finden aber auch Beschützer, von denen sie auf eigentümliche Weise gerettet werden. Diese binden sich nämlich Wolfsklauen an die Füße, zertreten damit die mit Schnee bedeckte Erde rings um ihre Häuser, töten die Kinder ihrer Mägde, zerstückeln

---

*) Konrad Maurer, Isländische Volkssagen der Gegenwart, Leipzig 1860, S. 287.
**) Grimm, KHM Nr. 32.
***) Saxo Grammatikus, übers. v. Jantzen, S. 338 ff.

die Leiber und werfen die Gliedmassen umher (*Zerstückelung*). So erwecken sie den Anschein, als ob die beiden Knaben von Wölfen ge-
fressen seien Dann schließen sie sie in eine hohle Eiche ein (*Kasten?*),
wo sie lange Zeit ernährt werden, als ob sie Hunde wären (*Tieramme?*).
Frodhi glaubt jedoch nicht an den Tod seiner Neffen und sucht ihren
Versteck durch eine Hägse in Erfahrung zu bringen (*Hülfreiche Alte*).
Sie stellt mit ihrer Zauberkunst fest, daß Regin ihre Erziehung übernommen und ihnen Hundenamen gegeben hat, wird aber von den
beiden Knaben, die ihr Gold in den Schoß werfen, bewogen, ihre
Worte zu widerrufen. Regin, der inne wird, daß er die beiden Knaben
nicht mehr länger schützen kann, bringt sie nach Fünen und wird
dort von Frodhi gefangen, bittet ihn aber, die Knaben zu schonen,
damit er nicht zwiefachen Verwandtenmord auf sich lade, er werde
ihm anzeigen, wann die beiden Söhne Haralds Böses gegen ihn im
Schilde führten. Als sie erwachsen sind, gehen sie nach Seeland,
Regin verrät aber dem Könige, seinem Versprechen gemäß, ihre Ankunft Sie werden von Frodhis Mannen umringt und gebärden sich
nun, um sich zu retten, wie Besessene (*verstellter Wahnsinn*). Sie stellen
sich, als wollten sie sich selber mit ihren eigenen Schwertern ver-
wunden. In der Nacht aber dringen sie in die Burg Frodhis ein,
töten die Königin durch Überschütten mit Steinen, legen Feuer
an das Haus und zwingen Frodhi, sich in eine Höhle zu verkriechen,
in der er durch Dunst und Rauch umkommt (*Höhle des Aschdahak*).

In der Hrolfssage*) ist die Zweiknabenfassung der
Hamletsage vollständiger überliefert. Der von Frodhi getötete
Halfdan hat hier drei Kinder, eine Tochter Signy und zwei Söhne,
Hrôar und **Helgi**. Signy hieß in der vorangehenden Erzählung die
Mutter Haralds und Halfdans. Hier erfahren wir auch genau
die Zahl und die Namen der Beschützer der beiden Knaben, es sind
drei, Regin, Wifil und Saewil, der Gemahl Signys, (*Drei Schmiedebrüder*) die einander in der Beschützung der Knaben ablösen. Nach
dem Tode ihres Vaters führt sie ihr Erzieher Regin zuerst zu
Wifil, einem armen Fischer, der auf einer Insel, nicht weit von
der Burg Frodhis, wohnt und zwei Hunde, Hopp und Ho, besitzt.
Wifil birgt die Knaben in einem Erdhause, das in dem die Hälfte
der Insel bedeckenden Walde liegt. Frodhi erfährt aber durch
Zauberer den Aufenthalt seiner Neffen und kommt drei Mal vergeblich
nach der Insel, sie zu fangen (*Verfolgung*). Das dritte Mal wird Wifil
durch die Ankunft des Königs so überrascht, daß er nur noch das
mit Hrôar und Helgi verabredete Zeichen geben kann, auf welches sie
das Haus verlassen und sich in die Erdhöhle flüchten sollen. Er ruft
nämlich: „Hopp und Ho, helft dem Vieh, denn ich kann es nicht
tun." Danach schickt Wifil die Knaben, die sich von nun an Ham
und Hrani nennen, zu ihrem Schwager Saewil, der sie bei sich behält,
ohne sich von ihnen sagen zu lassen, wer sie seien. Sie zeigen sich
hier sehr unzugänglich, weshalb die Mannen Saewils behaupten, sie
seien bei Geißen auferzogen worden (*Hirten? Tieramme?*). Auch
werden sie immer verspottet, weil sie stets vermummt gehen und

---

*) L. Ettmüller, Altnordischer Sagenschatz, Leipzig 1870.

niemals ihre Hüte abnehmen (*Aschenputtel-Grindkopf***). Saewil wird nun von Frodhi, der ihn im Verdachte hat, die beiden Knaben zu verbergen, zu einem Gastmahle eingeladen. Ham-Helgi und Hrani-Hróar wollen ihn und Signy dorthin begleiten, was ihnen aber von Saewil verboten wird. Trotzdem reiten sie ihm nach, und zwar Ham-Helgi, indem er sich, wie Hamlet auf dem Ritte zum Walde, verkehrt aufs Roß setzt und den Schwanz als Zügel in die Hand nimmt *(verstellter Wahnsinn)*. Da bemerkt Saewil, daß sie ihm nachgeritten kommen und die Rosse nicht zu lenken verstehen. Diese laufen rückwärts und vorwärts unter ihnen. Dabei verliert Hrani den Hut, weshalb ihn nun Signy, die Schwester, erkennt (vermutlich wohl an seinen goldenen Haaren. Vgl. Grimm K. H. M. Nr. 136 Der Eisenhans.) Auf die Frage ihres Gatten, warum sie weine, sagt sie:

„Zu einigen Ästen alle sie wurden,
Die stolzen Eichen, der Stamm der Skiöldunge:
Meine Brüder sehe ich auf Bären sitzen,
Aber Saewils Recken auf Satteltieren.“

Er reitet nun zurück und schickt sie mit harten Worten nach Hause, die er nur gebraucht, um die andern nicht merken zu lassen, wer sie seien. Sie reiten aber auf heimlichen Wegen doch zu Frodhis Halle. Eine Wahrsagerin, Heidh, *(Hülfreiche Alte)* verrät, auf einen Zaubersessel *(Stuhl?)* gesetzt, dem Könige die Anwesenheit der beiden Knaben, wird aber auch hier und zwar diesmal von der Schwester Signy, durch einen Goldring veranlasst, ihren Ausspruch als Lüge zu bezeichnen. Frodhi merkt, daß Signy mit den beiden Knaben sich zu schaffen macht und sagt: „Es kann sein, daß hier Warge mit Wölfen zu Rate gehn,“ worauf Signy von Saewil gebeten wird, sich und ihre Brüder nicht zu verraten. Von neuem durch den König zum reden gezwungen, sagt die Zauberin:

„Ich sehe, wo sitzen die Söhne Halfdans,
Hróar und Helgi, mit Heile beide:
Die werden Frodhis Ferchblut (Herzblut) nehmen.“

(Weissagung.) Darauf läuft sie in den Wald und deutet damit den beiden Knaben an, wie sie sich retten sollen. Sie bewerkstelligen ihre Flucht durch die Beihülfe Regins, der alle Lichter in der Halle auslöscht. Frodhi fordert nun seine Leute auf, sich am Trinken gütlich zu tun, worauf Regin und seine Freunde den Versammelten das Bier in solcher Menge einschenken *(Mundschenk)*, daß sie einer über den andern niederfallen und einschlafen *(Einschläfern)*. Hierauf reitet Regin in den Wald und gibt den beiden Knaben, ohne mit ihnen zu sprechen, Zeichen, daß sie zu Frodhis Halle umkehren und sie in Brand stecken sollen. Er zeigt dabei ihnen gegenüber dieselbe verstellte Rauhheit wie vorher Saewil. Als dieser die Rückkunft der beiden Knaben merkt, geht er mit seinen Mannen hinaus, um ihnen zu helfen. Ebenso holt Regin seine Freunde und Sippen aus dem Hause. Da erwacht König Frodhi und erzählt seinen Mannen einen bösen Traum *(Traum)*,

***) Vgl. Grimm K. H. M. Nr. 136 Der Eisenhans und die in den Anm. dazu angeführten Märchen, ferner Robert den Teufel, der ja auch den Narren spielt.

Es habe ihm jemand zugerufen: „Nun bist Du heimgekommen, König, und deine Mannen", und als er darauf erzürnt erwidert habe: „Heim? Was?" da habe der Rufer geantwortet: „Heim zur Hel! Heim zur Hel!" Kaum hat der König dies gesagt, als Regin vor der Tür der Halle ruft:

„Regin ist außen und die Recken Halfdans,
Kühne Kämpen, das kündet Frodhin,
War schlug Nägel und War sie köpfte,
Aber Wahr den Wahrsamen Wahrnägel schlug."

Hinter diesen Versen, für deren richtige Übersetzung ich vorläufig Ettmüller die Verantwortung überlassen muß, verbirgt sich vielleicht das Motiv von den Holzpflöcken. Schon vorher war gesagt, daß König Frodhi zwei Schmiede hatte, „welche Wielande in ihrer Kunst waren, und beide hießen War." Frodhi ahnt, daß der schlaue Regin ihn mit den Versen zur Vorsicht mahnen will und geht zur Tür der Halle. Da bemerkt er, daß diese brennt und Feinde vor ihr versammelt sind. Er will sich mit ihnen vergleichen, was aber abgelehnt wird. Darauf flieht er zur Öffnung seines Erdhauses — ein solches hatten in der dänischen Sage von Harald und Halfdan die beiden Verfolgten als Zufluchtsort —. Der Eingang aber wird ihm von Regin versperrt, worauf er in die Halle zurückkehrt und dort mit vielen seiner Mannen verbrennt. Darauf nehmen Helgi und Hrôar Besitz von seinem Reiche.

Jiriczek bemerkt, daß das Motiv des verstellten Wahnsinns auch in der **Brutussage** wieder kehrt. Er wundert sich, hier nun auch noch ein anderes Motiv wieder zu finden, das in der Hamletsage vorkommt, nämlich den mit Gold gefüllten Stock. Die Reise zum delphischen Orakel unternimmt auch Brutus selbdritt. Wenn wir nun in Betracht ziehen, daß es sich in der Brutussage gleichfalls um die Entthronung eines Tyrannen handelt, der einen guten Herrscher verdrängt hat, so werden wir nicht zögern, auch in ihr den Kyrostypus wieder zu erkennen. Wir werden deshalb noch nicht mit Detter annehmen, daß die Nordgermanen diese Sage den Römern entlehnt und der Tullia der römischen Sage einen Walkürennamen gegeben haben. Das ist denn doch gegenüber einer Erzählung wie der von Hroar und Helgi, die auch Detter kennt und die so urnordisches Gepräge zeigt, eine nicht ganz glückliche Behauptung, und wir werden die Meinung Simrocks*), der eine gemeinsame arische Grundlage annimmt, nicht so schroff abweisen wie Detter, der in der Erzählung „keine Spur von einem Mythos entdeckt und es lediglich mit einem Novellenstoffe zu tun zu haben glaubt". Mit Begriffen wie „Novellenstoff" verrückt man auch nur die Streitfrage in ein anderes der Lösung bei weitem entfernteres Gebiet, denn wo kommen denn nun wieder die Novellenstoffe her? Es handelt sich darum, das Zauberknäuel an die Hand zu geben, das aus diesem Völundarhus heraus führt, nicht uns in einen Seitenanbau, dessen Fenster zum Teil absichtlich vermauert worden sind, zu locken und uns dort einzusperren. Daß Detter der Tullia die Gerutha gegenüber stellt, darin ist ihm beizustimmen, obwohl beide im

---

*) C. Simrock, Quellen des Shakespeare, Bonn 1872.

Charakter sehr wenig einander ähneln. Man darf eben in der Sagen-
vergleichung nicht Gestalten, sondern muß Motive vergleichen und
dabei sich nicht auf das besonders im Vordergrunde stehende be-
schränken, sondern die andern immer zugleich mit im Auge haben,
damit man nichts Verschleiertes oder anders Gewandtes oder auf andere
Gestalten Übertragenes übersieht und Rudimente nicht vernachlässigt.
Und das lässt mich die Frage aufwerfen, ob sich nicht auch für
Lukretia, die der Schwester des Harmodios und Aristogeiton
in der athenischen Tyrannenvertreibungsgeschichte entspricht, in
der nordischen Sage eine Entsprechung finden ließe. Sollte das
Liebesabenteuer Hamlets im Walde vom Tyrannen auf Hamlet übertragen sein und nun natürlich einen ganz anderen Charakter bekommen
haben, als es ursprünglich hatte? Inbetreff des Motivs des verstellten
Wahnsinns stimme ich Hüsing vollkommen bei, wenn er im II. Btr.
die Vermutung ausspricht, daß „hinter den kindlichen Witzen, die
Kyros beim Großpapa in Xenophons Darstellung macht, sich etwas
ganz anderes verberge". Besonders verdienstlich aber ist sein Nachweis der Hamletsage auch bei den Indern, den er im XII. Btr. mit der
Behandlung der Sage von Tschandrahasa geliefert hat.*)

---

3. Kaiser Heinrich.

Wie der Neffe, so kann aber auch der Eidam an Stelle des
Enkels treten. „oder — anders ausgedrückt — Trita an Stelle des
Traitana, der selber ein Trita ist". (Hüsing, VIII. Btr.) Eine
solche Vertauschung geschah um so leichter, als ja der Tyrann. nach-
dem alle seine Versuche, die ihm verhängnisvolle Verbindung seiner
Tochter zu verhindern, mißlungen sind, den Dritten auch verfolgt.
Diese Verfolgung des Dritten konnte leicht die Züge der Verfolgung
des Sohnes des Dritten annehmen, und die Vertauschung wurde
vollständig, wenn sie nicht zum Ziele, sondern zur eigenen Ver-
nichtung des Verfolgers führte. Die Mitte zwischen diesen beiden
Grenzen hält eine Gruppe unter einander eng zusammengehöriger
Erzählungen, die sich durch das Motiv der Briefvertauschung
wieder mit der Hamletsage verbinden: zunächst eine Sage, die
von den Gebrüdern Grimm als Sage von Kaiser Heinrich III.**) bezeichnet worden ist. Sie scheint mir aber vielmehr auf **Heinrich I.** sich zu
beziehen, der gleichfalls auf einen Konrad folgt, aber eine neue Dyna-
stie beginnt. Wir erhielten in Otto dem Erlauchten einen geschicht-

---

*) Jiriczek a. a. O. weist darauf hin, daß auch Dawid einmal aus ähnlichen
Gründen wie Hamlet Wahnsinn erheuchelt. nämlich als er auf der Flucht vor
Schaûl zu dem Könige Akisch von Gath kam und die Umgebung dieses in ihm den
wieder erkannte, der als der zukünftige König des Landes galt. Dadurch, daß er
sich vor ihren Augen wie ein Rasender gebärdete, erreichte er, daß ihn Akisch für
politisch ungefährlich hielt, 1. Sam. 21. v. 11—16; wir fügen hinzu, daß Dawid ursprünglich ein Hirte war und daß er den Goliath auf gleiche Weise tötete wie Lug
den Balôr, nämlich durch einen Stein aus seiner Schleuder, vgl. S. 17. Gerade
in den Sagen von den Philistern scheint viel arisches Gut zu stecken.
**) Grimm D. S. Nr. 486 vgl. auch Gesta Romanorum übers. v. Grässe I. S. 40.

lichen Vertreter des verdrängten guten Königs, dessen Nachkommen nachher den Frankenkönig stürzten, der den Sachsen wohl gewisse Züge des Tyrannen angenommen haben mag.

Graf Leopold floh aus Furcht vor dem Zorne Kaiser Konrads *(Tyrann)* mit seiner Gemahlin in eine einsam gelegene Mühle *(Kwirn)* im Schwarzwald. Als eines Tages der König durch Zufall in die Nähe dieser Mühle kam, entwich Leopold ebenso wie Hrôar und Helgi beim Nahen Fródhis ins Dickicht, ließ aber seine ihrer Entbindung entgegenharrende Gattin zurück. Der Kaiser übernachtete in der Mühle, wurde jedoch drei Mal durch eine wunderbare Stimme geweckt, die das erste Mal: „Nimm, nimm, nimm!" rief, das zweite Mal: „Gib wieder, gib wieder, gib wieder!" (die Herrschaft dem echten Thronerben?) und das dritte Mal: „Fliehe, fliehe, fliehe, denn der Knabe, der hier geboren ist, wird dein Eidam sein!" *(Weissagung)*. Da der Kaiser nicht wollte, daß seine Tochter einem Bauernsohne zu teil würde, befahl er seinen beiden Waffenträgern, das Kind zu töten und ihm das Herz desselben zu bringen *(Verfolgung)*. Wie sie aber seine liebliche Gestalt sahen *(Schönheit)*, setzten sie es auf einen Baum *(Aussetzung)* und schnitten einem Hasen das Herz aus, um es dem Könige als Wahrzeichen zu bringen. Dieser warf es den Hunden vor und glaubte, die Weissagung zu nichte gemacht zu haben. Ein Herzog aber, der von ungefähr an dem Baume vorüber ritt, hörte das Kind schreien und brachte es zu seiner Frau, die keine Kinder hatte. Sie gab es als ihr eigenes aus *(Pflegemutter)* und nannte es Heinrich. Als der Knabe herangewachsen war, zeichnete er sich durch Schönheit *(Schönheit)* und Klugheit so aus, daß ihn der König an seinen Hof kommen ließ. Da er sich hier aber allen angenehm machte, wie Kyros am Hofe des Großvaters, fürchtete der König, er könnte nach ihm das Reich bekommen und etwa gar der sein, den er zu töten befohlen habe. Deshalb schickte er ihn mit einem Briefe *(Brief)* an die Kaiserin, in welchem er dieser befahl, den Vorzeiger des Briefes zu töten. Der Brief aber wurde unterwegs von einem Priester bezw. einem Wirte dahin abgeändert, daß die Kaiserin dem jungen Herrn ihre Tochter vermählen sollte. Als der Kaiser den Verfolgten bei seiner Rückkehr als Gatten seiner Tochter wieder fand, sprach er: „Nun merk' ich wohl, daß Gottes Ordnung niemand hintertreiben kann" und ernannte den jungen Heinrich zu seinem Nachfolger.

Grimm hat bereits die große Ähnlichkeit dieser Sage mit dem Märchen vom **„Teufel mit den drei goldenen Haaren"**[*]) erkannt.

Ein König, der ein böses Herz hat *(Tyrann)*, erhält die Weissagung *(Weissagung)*, daß das eben in einer Glückshaut zur Welt gekommene Söhnchen einer armen Frau im 14. Jahre seine eigene Tochter zur Frau bekommen soll. Um diese Weissagung eitel zu machen *(Verfolgung)*, kauft er den armen Eltern das Kind ab, legt es in eine Schachtel und wirft diese ins Wasser *(Aussetzung und Wasserfahrt)*. Das Kästchen treibt an ein Mühlenwehr *(Kwirn)*, wo es von einem Mahlburschen heraus gezogen wird. Die kinderlosen Müllersleute ziehen das Kind als ihr eigenes auf *(Pflegeeltern)*. Die Verfolgung

---

[*]) Grimm. K H M Nr. 29.

setzt wieder ein, als der König nach 14 Jahren zufällig in die Mühle kommt und dort die Müllersleute fragt, ob der große Junge ihr Sohn wäre. Wie er nämlich die Antwort erhält: „Nein, er ist ein Fündling, er ist vor 14 Jahren in einer Schachtel ans Wehr geschwommen, und der Mahlbursche hat ihn aus dem Wasser gezogen", merkt er, daß es das Glückskind ist, das er ins Wasser geworfen hat und schickt es nun mit einem Briefe an die Königin, in welchem er dieser denselben Auftrag gab wie Kaiser Konrad seiner Gemahlin *(Brief)*. Aber auch hier mißlingt der Anschlag und führt gerade das herbei, was der König verhindern wollte. Unterwegs übernachtet nämlich der Knabe in einem Räuberhause, die Räuber *(die mitleidigen Räuber)* erbrechen den Brief und vertauschen ihn gegen einen anderen, in welchem der Königin befohlen wird, den Knaben sofort nach der Ankunft mit ihrer eigenen Tochter zu verheiraten. Als der König zurückkommt, kann er zwar das Geschehene nicht ändern, verlangt aber, daß der Knabe drei goldene Haare aus dem Schwanze des Teufels hole, wenn er seine Tochter behalten wolle. Der Eidam führt den Auftrag aus und verlockt durch die Vorspiegelung, daß er die von ihm mitgebrachten großen Schätze unterwegs von einem Fährmann *(Fährmann)* erhalten habe, den König, auch nach dem Flusse zu gehen, über den dieser Fährmann hin und her führt. Hier wird er aber von diesem gezwungen, ihn abzulösen. Der König wird also auch hier entthront, und die Weissagung geht in Erfüllung.

Schubert hat bereits erkannt, daß es auch Kyrossagen mit weiblicher Hauptgestalt gibt. Er betrachtet als solche die Sagen von Atalante, Kybele, Semiramis und Kamilla, Hüsing das Parizadehmärchen*). Parizadeh ist als die Mutter des künftigen Entthroners anzusehen. Sie ist die Mutter des Romulus und Remus und wird mit ihnen verfolgt. Der Tyrann verfolgt sie alle. Dazu stimmt, daß in einem englischen Märchen *The ring and the fish**)*, welches sonst mit den beiden oben behandelten Erzählungen die größte Ähnlichkeit hat, das verfolgte Kind ein Mädchen ist. Es wird deshalb verfolgt, weil der Herrscher, ein großer Zauberer *(Zauberer)*, erfahren hat, daß es durch das Schicksal bestimmt ist, seines Sohnes Gemahlin zu werden *(Weissagung)****). Er wirft es wiederum erst ins Wasser *(Aussetzung und Wasserfahrt)* und befiehlt, als er es nach einer Reihe von Jahren bei einem armen Fischer — vgl. den Wifil der Hröar- und Helgesage — *(Pflegeeltern)* zu einer schönen Jungfrau herangewachsen wieder findet, seinem Bruder in einem Briefe, das Mädchen zu töten *(Brief)*. Unterwegs übernachtet das Mädchen in einem kleinen Wirtshause, das von Räubern überfallen wird *(Wirt und mitleidige Räuber verbunden)*. Die Räuber vertauschen den Brief gegen einen andern, durch welchen der Bruder des Herrschers beauftragt wird, das Mädchen mit des Herrschers eigenem Sohne zu verheiraten. Als der Schwiegervater davon erfährt, wirft er einen Ring ins Meer und er-

---

*) 1001 Nacht, übers. v. Henning, Recl. Ausg. XXI, S. 170, vgl. Grimm K.H.M. Nr. 96 De drei Vügelkens.

**) J. Jacobs, English Fairy Tales, London 1892, S. 190.

***) Es liegt hier also eine der weiter unten ausführlicher besprochenen Umkehrungen vor, indem der Tyrann dieses Märchens seinen Sohn vor einer Verbindung zu bewahren sucht, die ihm unangenehm ist.

klärt, daß er das Mädchen nur, wenn sie diesen Ring wieder fände, als Gattin seines Sohnes anerkennen würde. Sie findet ihn aber im Bauche eines Fisches wieder *(Ring im Fischbauche)*, worauf ihr Schwiegervater endlich den Kampf gegen das Schicksal aufgibt.

4. Genovefa.

Mit der Gattin zusammen kann aber auch ihr Sohn, bezw. ihre beiden Söhne verfolgt werden. Jenes ist der Fall in der schon von Bauer und Schubert herangezogenen Genovefasage, dieses in der von beiden übersehenen, allerdings auch durch ihre litterarischen Schicksale stark verhunzten Oktaviansage. Daß sich der Mythologe nicht einmal auf die Inhaltsangaben der Litterarhistoriker verlassen darf, zeigt der Auszug, den Seuffert*) von der von ihm für die älteste gehaltenen Fassung der Genovefalegende gibt: „Zu zeiten des erzbischofs Hidulf von Trier lebte pfalzgraf Siegfried mit seiner frommen Gemahlin Genovefa, einer Tochter des Herzogs von Brabant, im Trierschen lande. Als Siegfried einen feldzug gegen die heiden unternehmen mußte, da empfahl er die obhut seiner gattin seinem freunde Golo und der h. jungfrau Maria. Golo aber, in liebe zu seiner gebieterin entflammt, verfolgte sie mit ehebrecherischen anträgen, welche jedoch die pfalzgräfin mit unterstützung Marias standhaft abwies. Als nun Siegfrieds rückkehr herannahte, beschloß Golo auf den rat eines alten weibes *(Hülfreiche Alte)* seine sicherheit durch eine verleumdung Genovefas zu retten. Und in der tat, der pfalzgraf schenkte seiner angabe, die gräfin habe von einem koche ein kind geboren, glauben und befahl mutter und söhnlein zu tödten. Die damit beauftragten diener aber empfanden mitleid mit den unschuldigen und ließen sie am leben gegen das versprechen, den wald, wohin sie zum tode geführt worden waren, nicht zu verlassen. Die von Golo bedungenen wahrzeichen des verübten mordes, zunge und augen, nahmen die diener von einem hunde. So verblieb Genovefa mit ihrem kinde, das von einer hirschkuh genährt wurde, einsam in der wildniss und fristete ihr kummervolles leben mit kräutern sechs jahre und drei monate hindurch. [also zusammen kommt doch wieder die Neunzahl heraus]. Zu ende dieser zeit veranstaltete Siegfried ein grosses fest und führte seine gäste am Tage vor epiphanie auf die jagd. Da kam er bei verfolgung der hirschkuh zur höhle Genovefas und erkannte aus ihren reden, an einer narbe und dem cheringe seine verstoßene gattin. Voll freude zogen die wiedervereinigten nach hause, nachdem Siegfried auf den wunsch seiner gemahlin den bau einer kapelle gelobt hatte dort, wo sie so lange verweilt hatte. Golo aber wurde geviertheilt." Seuffert erwähnt nicht, daß Golo Genovefa mit ihrem Kinde „an den See führen und im Wasser ersäufen will", während sie nachher von den Knechten in einem wilden Walde voll reißender Tiere ausgesetzt wird, und dieser Zug verbindet doch in merkwürdiger Weise

---

*) A. a. O. S. 3 nach Freher, Origines Palatinae II. Append. S. 18. Danach Grimm, Deutsche Sagen II. No. 538.

die Aussetzung auf dem Wasser und die auf dem Lande. Seuffert
übergeht, daß Genovefa mit ihrem Sohne unter einer Schichte von
Holzstämmen wohnte, welche die arme Frau, so gut sie konnte, mit
Dörnern gebunden hatte, obwohl das wieder ein beachtenswertes
Gegenstück zu der sonst an dieser Stelle erwähnten Höhle bildet.
Vor allem aber hätte er nicht verschweigen dürfen, daß Golo, nachdem
er zunächst mit seinen Anträgen zurück gewiesen worden war, falsche
Briefe schmiedete, als wenn Siegfried mit allen seinen Leuten im
Meere ertrunken wäre, und sie der Gräfin vorlas; jetzt gehöre ihm
das ganze Reich zu, und sie dürfe ihn ohne Sünde lieben; denn
dieser Zug enthält deutlich ein Rudiment des so sehr wichtigen Motivs
der Briefvertauschung. Das zeigt die Form der Genovefasage,
in der diese noch heute im Munde des deutschen Volkes fortlebt,
das Märchen vom „Mädchen ohne Hände*). Ehe wir aber auf
dieses eingehen, müssen wir noch das ältere deutsche Volksbuch
berücksichtigen, dessen Inhalt Zacher**) wieder gibt. Es enthält folgende
merkwürdige Abweichungen. Zunächst ist hier der Name des Koches
genannt, mit dem in unerlaubter Verbindung zu stehen Genovefa von
Golo beschuldigt wird. Er heißt Drago (Drache!). Genovefa hegt in
der Tat zu diesem Menschen um seines frommen und ehrlich-ein-
fältigen Wesens willen eine innige Zuneigung (Fridolin?), die aber
ganz rein und unschuldig ist. Eines Tages schickt Golo den Koch zu
ihr hinein mit der Vorspiegelung, sie habe ihm gerufen, kommt dann
selber hinzu und legt das Zusammensein der beiden als Ehebruch aus.
Er lässt darum Genovefa in einen Turm setzen und den Koch in
einen Kerker. Dem an einer Wunde krank danniederliegenden Siegfried
schreibt er einen Brief, in dem er dieselben Beschuldigungen gegen
Genovefa ausspricht, worauf der Graf die Einschließung seiner Gemahlin
und die Hinrichtung des Koches befiehlt. Um aber sicher zu gehen,
reitet Golo seinem rückkehrenden Herrn bis Straßburg entgegen und
läßt ihm dort durch die mit Hägsenkünsten vertraute Schwester seiner
Amme die Untreue Genovefas in einem Spiegel vorgaukeln, worauf
der Graf die Mutter samt dem Kinde zu töten gebietet. Die von den
beiden Dienern als Wahrzeichen zurückgebrachten vermeintlichen
Augen der Genovefa wirft hier Golo ebenso den Hunden vor, wie
Kaiser Konrad das vermeintliche Herz Heinrichs. Genovefa hat vor
ihrem Scheiden durch Vermittlung des Enkeltöchterchens der Amme
Golos einen Brief in ihrem Zimmer hinterlassen, in welchem sie den
Gemahl über den wahren Sachverhalt aufklärt. Sie haust von nun an
in einer Höhle. Neben der Hirschkuh, die Schmerzenreich säugt,
sorgt hier noch ein Wolf für ihn, indem er dem Kleiderlosen eine
Schafhaut bringt. Auch lässt er den Knaben auf sich reiten. Als
Genovefa mit Siegfried und Schmerzenreich ins Schloß zurückkehrt,
überreichen ihr zwei Fischer einen grossen Fisch, in welchem man,
als man ihm schlachtete, ihren Trauring wieder fand, den sie auf
ihrem vermeintlichen Todeswege aus Unmut ins Wasser geworfen
hatte.

---

*) Grimm K H M No. 31.
**) a. a. O. S. 4 f.

Zacher meint, dieses Volksbuch sei nach René de Cerisiers*) gearbeitet und dieser habe den Ring und den Wolf aus andern Legenden, die nicht von Genovefa handelten, entlehnt und hier eingefügt. Auf Grund des im vorigen Abschnitt behandelten englischen Märchens vom Ring und vom Fisch werden wir ihm mindestens inbetreff des Ringes Unrecht geben müssen. Auch in der von Freher mitgeteilten Fassung spielt der Ring eine bedeutende Rolle. An ihm erkennt erst Siegfried seine Gemahlin wieder, und diese ganze Ringgeschichte schlägt Fäden hinüber bis in das fernste Morgenland. In dem bekannten indischen Märchen von Sakuntala, das auch noch in anderen Beziehungen der Genovefalegende gleicht, gibt König Duschjanta der Sakuntala, als er mit ihr die Gandharvenehe schließt, einen Ring. Sie verliert ihn beim Baden und wird von diesem Augenblicke an von ihrem Gemahle vergessen, der sich aber sofort der mit ihr eingegangenen Verbindung wieder erinnert, als ihm der Ring, der im Bauche eines Rotkarpfen gefunden wird, wieder vor Augen kommt.

Nun zu dem Märchen vom Mädchen ohne Hände. Wer es in der kanonisierten Fassung bei Grimm liest, würde wahrscheinlich durch nichts an die Kyrossage erinnert werden. Höchstens würde ihn der Name des samt der Mutter verstoßenen Kindes, Schmerzenreich, und vielleicht noch das Gespräch zwischen diesem und seiner Mutter beim Anblick des plötzlich erschienenen Vaters flüchtig an Genovefa gemahnen. Wir dürfen hier die Bemerkung nicht unterdrücken, daß die Grimmsche Herstellung der Ausgabe nur zu oft die unbrauchbaren Fassungen für den Text ausliest und für den Mythologen recht ungeeignet ist, weil sie eben nach ganz anderen Gesichtspunkten gearbeitet ist.

Das Wichtige kommt erst im dritten Bande nach: der Teufel gehört gar nicht in das Märchen, der Eingang ist gefälscht; die Erzählung beginnt mit dem Motive vom Vater, der seine Tochter heiraten will. Die Briefe vertauscht die alte Königin **) Aber wie der Teufel als Feind, so gehört auch Gott als Helfer nicht in das völlig verchristnete Märchen und der alte Mann, der dem Mädchen befiehlt, die Armstumpfe dreimal um einen Baum zu schlingen, erinnert wohl eher an den Derwisch der Parizadeh.

In einer Fassung aus Mecklenburg kommt die Verstümmelte in den Hundestall und haust hier mit den zwei Lieblingshunden des

---

*) René de Cerisiers, Les trois états de l'innocence, Geneviève de Brabant, Jeanne d'Arc, Hirlande etc. Paris 1640.

**) Das Sarganser Parizadeh-Märchen (vgl. Hüsing X. Btr), das bisher oft genug ohne jeden Grund als aus 1001 Nacht stammend verdächtigt worden ist, bietet vielmehr eine weit bessere und echtere Fassung, als bisher aus dem Oriente bekannt ist. An solche Entlehnung ist gar nicht mehr zu denken, und wir können uns wieder überzeugen, daß Kriterien für Echtheit oder Unechtheit nur aus dem Vergleiche möglichst zahlreicher Fassungen gewonnen werden können, wie andrerseits, auf wie guter Grundlage die alte vergleichende Methode ruht. Skepsis bedeutet hier gelegentlich so viel wie Unwissenschaftlichkeit.
Wir sehen nämlich jetzt, durch das eine Motiv der Briefvertauschung geleitet, daß die Mutter des Königs durch ihr Abfangen der Einladungen nichts anderes als eben dieses Motiv der Fassung verbürgt. Wenn sie aber die rechte Hand der Königin verlangt (als Wahrzeichen), so steht auch davon nichts in 1001 Nacht, wohl aber belegt es den Zusammenhang des Grimmschen Märchens mit der Kyrossage.

Grafen, also ähnlich wie Robert der Teufel im Palaste des Kaisers von Rom unter der Treppe. Ein alter Mann, ein Bettler, erhält von ihr eine milde Gabe; er gibt ihr dafür einen Stab, der ihr den Weg zeigen soll, wie die Kugel der Parizadeh. Sie gelangt zu einem Wasser, das wohl dem „springenden" entspricht, und erlangt dort die Heilung, worauf der Graf sie heiratet.

Die Varianten gehen in der Verstümmelung des Mädchens noch weiter, vor allem werden ihr auch die Brüste abgeschnitten. Und dieser Zug wird in der von Seuffert für die älteste erklärten Fassung der Genovefalegende verdunkelt sein, wenn es dort heißt, daß sie keine Milch mehr in ihren Brüsten hatte, womit sie ihr Kind ernähren konnte. Das Abschneiden der Brüste wird sie daran gehindert haben, und darum mußte die Tieramme an ihre Stelle treten. In anderer Fassung wird Genovefa der Zunge beraubt. Nach den bisherigen Erfahrungen haben wir wohl das Recht, auch derartigen Motiven das mythologische Bürgerrecht nicht abzusprechen. Wir erinnern daher an Barbara und ähnliche Gestalten.

In einer hessischen Erzählung wird die Königin mit zwei Kindern verstoßen, die die der Mutter abgeschnittenen beiden Finger tragen. Die Kinder werden ihr von Tieren geraubt. Damit aber sind wir mitten drin in der **Oktaviansage**. Es ist interessant zu beobachten, daß auch wieder an Oktavian, den ersten Kaiser der Römer, der in gewisser Weise doch als der Gründer des Kaiserreiches angesehen werden kann, sich die „Reichsgründungssage" angeheftet hat. Nur ist er der Vater der ausgesetzten Kinder und nicht ein Ausgesetzter selber. Der mit den Kindern verstoßenen Mutter wird hier, wie sie im Walde vor Erschöpfung in Schlaf versinkt, der eine Knabe durch eine Äffin, die sich ihm gegenüber zärtlich benimmt, der andere durch eine Löwin geraubt, die ihn säugt. Diese Löwin hat bald, nachdem sie das Kind geraubt hat, einen Kampf mit einem Greifen zu bestehen. Gleich darauf bringt sie die Begleiter der Mutter auf die Spur des Kindes, will sich aber von ihm nicht trennen lassen. Sie springt deshalb dem Schiffe nach, wird schließlich an Bord genommen und erweist sich nun als treue Beschützerin der Kaiserin und ihres Kindes, das deshalb Lion genannt wurde. Diese Züge verknüpfen die Oktaviansage mit der Sage von Heinrich dem Löwen, dem der von ihm aus den Klauen des Drachens befreite dankbare Löwe gleichfalls ein unzertrennlicher Begleiter wurde. Das von der Äffin geraubte Söhnlein des Oktavian wird durch Räuber aus der Gewalt des Tieres befreit. Sie wollen den Knaben verkaufen, fordern aber um seiner großen Schönheit willen einen ganz besonders hohen Preis für ihn. Ein einfacher Pilger niederen Standes kauft ihn aber doch und bringt ihn seiner Frau nach Paris mit, wo er zusammen mit seinem eigenen Sohne aufwächst (*Pflegeeltern*). Als er aber einen bürgerlichen Beruf ergreifen soll, verrät er durch sein Betragen seine edle Herkunft. Dabei begeht er Streiche die an die Dummlingsmärchen erinnern. Daß aber diese dem Kyrostypus angehören, wurde im Laufe der Erörterung schon mehrfach betont, besonders gelegentlich der Brjansage. Wir fügen hier hinzu. daß der Dummling, dessen Dummheit ja nur eine scheinbare ist, wie Trita auf seinen Abenteuerfahrten häufig von zwei ungetreuen Gefährten begleitet ist, vgl. z. B. die Märchen Dat Erdmänneken*) und Der starke Hans**) Und diese ungetreuen Gefährten haben wir ja auch bei Hamlet in den von Shakespeare Rosenkranz und Güldenstern benamsten Gestalten wiedergefunden.

5. Wieland.

In der Genovefasage tritt an Stelle der Weissagung, infolge deren Mutter und Kind verfolgt werden, die Verleumdung. Das Gleiche ist in **Wolfdietrich** A der Fall, und auch hier wird sie wieder von einem ungetreuen Ratgeber erhoben, der seine Herrin in Abwesenheit des Gemahls erfolglos mit Liebesanträgen belästigt hat. Sabene bezichtigt die Gattin des Königs Hugdietrich von Konstantinopel, daß ihr dritter Sohn, eben unser Wolfdietrich, außerehelichem Umgange entsprossen sei und veranlaßt dadurch den König. daß er das Kind heimlich zu töten befiehlt. Der damit beauftragte Berchtung setzt es aber am Rande eines Wassers aus, und da er sieht, daß es von allen den reißenden Tieren, die an dieses Wasser zum Trinken kommen, von Löwen, Bären, Wölfen und wilden Schweinen, verschont wird und daß es diesen. wenn sie ungebärdig werden wollen, an die leuchtenden Augen greift, übergibt er es einem armen Waldwärter zur Erziehung. Wolfdietrich B, der schon vor der Verheiratung des Vaters des Helden einsetzt, hat wieder wichtige Züge mit der Lugsage gemeinsam; denn Hugdietrich kommt hier als unerwünschter Freier in Frauenverkleidung zu Hiltburg, der in einen Turm eingesperrten Tochter des Königs Walgunt von Salnecke. Bei einem unerwarteten Besuche ihrer Mutter läßt diese ihr Kind an einem Seile in den Burggraben herunter, von wo es eine Wölfin raubt und in ihr Lager trägt. Am andern Morgen aber wird der Knabe von Walgunt selber auf der Jagd bei den jungen Wölfen entdeckt. Er bringt ihn seiner Frau und nennt ihn wegen der merkwürdigen Umstände bei seiner Auffindung Wolfdietrich. Später erkennt ihn Hiltburg an einem roten Kreuze. das er zwischen den Schultern trägt, als ihren eigenen Sohn wieder. Ein solches rotes Kreuz zwischen den Schultern trägt aber auch Sigfrid.

Schon Bauer und Schubert haben die **Jugendgeschichte Sigurds**, wie sie in der Thidreksage***) erzählt wird, zur Kyrossage gestellt. Sie stimmt nämlich wieder auffallend überein mit der Genovefasage. Die Rolle des Golo übernimmt hier Hartwin, nur daß er nicht allein, sondern mit einem andern zusammen, mit Hermann, die Obhut der Königin und des Reiches anvertraut bekommt. Nachdem er aber mit seinen Liebesanträgen abgewiesen worden ist, bringt er Hermann auf seine Seite und beide erheben nach der Rückkehr des Königs dieselben Beschuldigungen gegen die Königin wie Golo und Sabene. Als sie

---

*) Grimm, K. H. M. Nr. 91.
**) Ebendas Nr. 166.
***) A. Raßmann, Deutsche Heldensage II, S. 9—19.

jedoch den grausamen Befehl des Königs im Suavawalde vollziehen sollen, wird Hermann anderen Sinnes und kämpft mit Hartwin. Dabei wird das Glasgefäß, in welches die Königin den eben geborenen Sigurd gelegt hat, in einen Strom gestoßen und landet später an einer Felsenklippe, an der es zerbricht Das Kind wird hierauf von einer Hirschkuh gesäugt und gelangt nach zwölf Monden zu dem Schmiede Mimir, der es in seine Kunst ebenso einführt wie Lug den Gavida. Den Namen der Mutter Sigurds haben wir bis jetzt absichtlich verschwiegen, sie heißt Sisibe und ist die Tochter des Königs Nidung, d. h. — — — des Tyrannen aus der Wielandsage.

Hüsing hat bereits im III. Btr. darauf hingewiesen, daß zwischen der keltischen Lugsage und der nordischen **Wielandsage** große Ähnlichkeiten bestehen. Er macht darauf aufmerksam, daß in dieser die drei Brüder und die Schmiede wiederkehren und zwei Knaben getötet, hier sogar auch gebraten werden. Wenn hier nicht, wie wir erwarten müßten, der Tyrann dem einen der drei Schmiedebrüder — Astyigas dem Arpagos —, sondern umgekehrt dieser dem Tyrannen des Tyrannen Söhne gebraten vorsetzt, so müssen wir beherzigen, daß Wieland gar kein Eigenname, sondern ein Gattungsname ist, der nichts weiter bedeutet als „Schmied". Da nun auch der Tyrann als Schmied auftritt und daher auch ihm der Beiname Wieland zukommt, so konnten Züge von ihm auf Wieland übertragen werden. Man vergleiche auch, was Hüsing im IV. Btr. Sp. 128 über Kronos, Hades und Poseidon bemerkt, vor allem aber den Tantalos, der den Göttern nun wieder seinen eigenen, von ihm selber zerstückelten Sohn Pelops als Speise servierte. Die Bilder bleiben eben fortwährend die gleichen, während die Motivierungen immerzu wechseln.*) Auf Geheiß Wielands kommen die Knaben bei frisch gefallenem Schnee rückwärts in die Schmiede *(Rückwärtsziehen)*. — Wie Gavida im Dienste Balors, so übt Wieland im Dienste Nidungs seine Kunstfertigkeit *(Kunstfertigkeit)* aus. Über die Verarbeitung der Augen und Schädel der getöteten Knaben ist schon gelegentlich der Hamletsage S. 19 gehandelt worden. Daß hier derjenige der drei Schmiedebrüder, welcher für den König arbeitet, mit dem unwillkommenen Eidam identisch ist, wird niemand befremden, der in der mythologischen Forschung zu Hause ist und deshalb weiß, wie weit die Vertauschungen und Verzweigungen und Verästelungen gehen. Während in der Lugsage geschildert wird, wie der Schmied zur Erbtochter geflogen kommt, sehen wir in der Wielandsage, wie der Schmied von dannen fliegt und zwar in Vogelgestalt *(Vogelgatte)*. Zu diesem Gatten in Vogelgestalt gehört natürlich auch eine Gattin in Vogelgestalt, und Wieland nimmt ja ebenso wie seine beiden Brüder eine Schwanenjungfrau zur Gattin. vgl. auch die litauische Sage von den drei Söhnen des Ugniegawas, die die drei Töchter des Ugniedokas, drei Schwanenjungfrauen, in ihre Gewalt bringen, S. 47. Nun ist das freilich bei Wieland nicht Bodwild, die Tochter Nidungs, sondern Herwor, die Tochter Hlodwers. Aber beide sind doch

---

*) Übrigens wird in der Wielandsage den beiden Knaben der Kopf mit dem Kastendeckel abgeschlagen wie dem Knaben im Märchen vom Machandelboom.

offenbar sprünglich ein und dieselbe gewesen, die dem Gatten durch den Zauberer geraubt und nun von ihm unter großen Schwierigkeiten wieder erworben wurde. Man versteht in der nordischen Überlieferung gar nicht, warum denn Wieland, der auf seine Gattin mit rührender Treue Jahre lang gewartet hat, nun auf einmal ihr untreu geworden wäre und warum überhaupt von Herwor gar nicht mehr die Rede ist. Der Wunsch, sich an Nidung zu rächen, reicht zur Erklärung nicht aus; denn er heiratet ja nachher Bodwild rite. Die Gattin wird eben in der einen Fassung Herwor, in der anderen Bodwild geheißen haben.

6. Tell.

Der eine Bruder Wielands, Egil, ist ein ausgezeichneter Schütze *(Schütze)*. Er wird von dem Tyrannen Nidung gezwungen, einen Apfel vom Haupte seines Kindes zu schießen *(Apfelschuss)*. Vor dem Schusse nimmt er drei Pfeile aus dem Köcher und erwidert nachher auf die Frage des Tyrannen, warum er die beiden anderen Pfeile bereit gelegt habe, daß er damit ihn getötet haben würde, wenn er sein Kind verletzt hätte. Dieser Teil der Wielandsage ist schon von Grimm[*] mit einer Reihe anderer germanischer Sagen, vor allem mit der **Tellsage**, zusammengestellt worden. Hüsing hat diese im IV. Btr. mit der Kyrossage in Zusammenhang gebracht. Da er aber nur wenige Züge hervorhebt und in ihr gewiß noch mehr stecken werden, da überdies kaum eine Sage so geeignet ist, zu zeigen, wie der Mythos auch in Europa dazu gedient hat, Lücken der geschichtlichen Überlieferung auszufüllen, so seien hier alle Motive der Tellsage zusammen gestellt, wie sie sich aus den Berichten der Schweizer Chroniken[**] ergeben. Dadurch wird der Blick für weiteren Stoff, der zur Klärung der Frage dienen könnte, wesentlich geschärft werden.

Die Schweizer Chroniken, soweit sie nämlich überhaupt die Gründung der Eidgenossenschaft ins Jahr 1308 verlegen — Stumpff verlegt sie ins Jahr 1313, Schilling ins Jahr 1334[***]) — sind voll des Lobes gegenüber König Adolf und voll des Tadels gegenüber Albrecht. Es kann sein, daß diese Parteinahme für Adolf und gegen Albrecht sich geschichtlich aus dem verschiedenen Verhalten beider gegenüber den Freiheitsbestrebungen der Schweizer erklärt. Es kann

---

[*] Deutsche Mythologie, 4. Ausg I, S 316.
[**] Das weiße Buch 1474, war mir nicht zugänglich, wohl aber:
Melchior Ruß, Eidgenössische Chronik 1482.
Petermann Etterlin, Kronika von der löbl. Eidgenossenschaft 1507, hg. v. Spreng, Basel 1752.
J. Stumpf, Gemeiner löbl. Eidgenossenschaft usw. 1548.
Ägid Tschudi, Chronicon helveticum.
Josias Simler, Regiment Gemeiner Eidgenossenschaft 1577.
Franciscus Guillimannus, Der rebus Helvetiorum Freiburg 1598.
Die Klingenberger Chronik, hg. von Anton Henne von Sargans, Gotha 1861.
Conrad Justinger, Bernes Chronik und andere.
[***] Die älteste dramatische Behandlung der Tells-Tat verlegt dieselbe ins Jahr 1296.

also sein, daß hier die Geschichte mindestens für die Auffassung der Schweizer einen guten Herrscher bot, der durch einen schlimmen gestürzt wurde. Albrecht soll einäugig gewesen sein. Jedenfalls fiel er dem Mordstahle seines Neffen Johann Parricida zum Opfer. Das war wahrhaftig Anlaß genug, an ihn wieder den hier behandelten Mythos anzuknüpfen. Albrecht erscheint in den Schweizer Chroniken durchaus als ein grausamer und harter Tyrann. Er entsendet aber noch zwei Untertyrannen, um die Schweiz zu bedrücken, den Geßler oder Grißler von Brunegg und den Beringer oder Bilgeri von Landenberg, zu denen sich bald noch als dritter der übrigens von Etterlin nicht genannte Wolfenschießen gesellt, nachdem er von seinen Landsleuten abtrünnig geworden ist. Geßler wird über Schwytz und Uri gesetzt, der Landenberger über Unterwalden und der Wolfenschießen, nebenbei bemerkt auch auf Geheiß Albrechts, als Unterstatthalter des Landenbergers über Unterwalden nid dem Wald. Der erste erhält die Burg in Küssnacht und einen Turm in Altdorf, der zweite das Schloß Sarnen und der dritte die Burg Roßberg als Wohnsitz angewiesen.

Geßler läßt in Uri bei Altdorf auf einem Hügel, genannt Solothurn, vgl. den Turm auf der Anhöhe Tor More, was auch wieder weiter nichts heißt als „großer Turm" S. 14, eine Feste bauen, die er, um die Schweiz zu demütigen, Zwing Uri unter die Stägen nennt und die mit dem eben erwähnten Turme *(Turm)* identisch sein könnte, und einen Hut auf einer Stange aufrichten, den alle ehrerbietig grüßen sollen, als wäre es der Landvogt oder der Kaiser selber. Den Schwytzer Wernher Stauffacher reizt er durch Drohworte zur Auflehnung.

Beringer von Landenberg läßt Heinrich von Melchthal ein Paar schöner Ochsen wegnehmen *(Rinderraub)*, wobei die Knechte für den Fall, daß er sich weigern sollte, sie herauszugeben, zu sagen beauftragt sind: „Die Bauern mögen den Pflug selber ziehen, wenn sie Brot haben wollen." [In einer dänischen Apfelschützensage, der Tokosage, läßt der Tyrann Harald Blauzahn in der Tat Ochsen und Menschen zugleich unters Joch, „unter die Stägen", spannen, um einen Felsen am jütischen Gestade los zu reißen, was gegen ihn Haß und Erbitterung erzeugt.] Als der Sohn Heinrichs, Arnold, dem Knechte des Landvogts, der ihm die Ochsen ausspannen will, einen Finger zerschlägt und dann entflieht, läßt der Landenberger dem Vater die Augen ausstechen *(Blendung)*.

Der Wolfenschießen, bei Etterlin an Stelle dieses der Vorgänger und Vorfahre des Landenbergers*), verlangt von der Frau Konrad Baumgartens von Alzellen Unziemliches und wird deshalb von ihrem Manne im Bade mit der Axt erschlagen. Das Bild erscheint als eine Umkehrung des Todes Agamemnons, dessen Sage auch sonst Kennzeichen des Kyrostypus zeigt; denn Agamemnon, der gute Herrscher, wird umgekehrt von dem Buhlen seiner treulosen

---

*) Wolfenschießen und Landenberg werden auch in anderen Chroniken mit einander vertauscht.

Frau, dem übermütigen Tyrannen Aigisthos, im Bade erschlagen.

Im übrigen entspricht die Gestalt der Frau des Baumgarten der Lukretia in der Brutuslegende (vgl. S. 25), nur daß sie hier nicht zu Schaden kommt.

Überhaupt erbittern alle Tyrannen die Schweizer durch Gewalttaten, die sie an ihren Frauen und Töchtern verüben (*Töchter Jamas*).

Infolge dieser aufreizenden Taten der Landvögte schließen 30 Männer unter Leitung von 3 Hauptführern, Wernher Stauffacher aus Schwytz, Walther Fürst oder Wilhelm Tell aus Uri und Arnold Melchthal oder Konrad Baumgarten aus Unterwalden, den „drei Tellen“ (*Drei Schmiede-brüder?*) — Tell ist gar kein Eigenname, sondern ein Beiname, den sich die Verschwörer selber beilegten (vgl. die geschichtlichen Geusen in Holland) — im ganzen, also 33, den Rütlibund. Nach Etterlin hieß der geheim gehaltene Versammlungsort nicht das Rütli, sondern das Betli, nach Simler das Bawen oder das Grütli (G-rütli). Aus diesem Rütlibund läßt die Sage die Eidgenossenschaft sich entwickeln. Die Tellensage ist also auch eine Reichsgründungssage, ein Grund mehr, sie als europäische Kyrossage zu bezeichnen. Auf den Kapellengemälden trägt immer einer der drei Verschwörer eine Armbrust, ein anderer eine Axt. Nach der noch heute lebenden Volkssage*) schlafen die 3 Telle im Dominoloch am Pilatus, an dem auch ein Tellenpfad gezeigt wird, nach andern im Rütlistein, und nach andern im Axenberge. Jede der Waldstätte hat offenbar in ihrer Überlieferung ihren besonderen oder ihre besonderen Befreier gehabt, Unterwalden ob dem Wald den Arnold von Melchthal, Unterwalden nid dem Wald den Konrad Baumgarten, Uri den Walther Fürst oder den Wilhelm Tell und Schwytz den Wernher Stauffacher. Und mit dieser Fülle von Einzeltthronern fand sich die zusammenschweißende Volkssage bezw. ein „Redaktor“ ab, indem sie sie zu einem Rütli- oder Betli-Bunde vereinigte, den es in Wirklichkeit wohl niemals gegeben hat.

Wie bei Schiller schlägt auch in den Chroniken Wilhelm Tell, der aber hier, wie schon bemerkt, mit zu den Verschworenen gehört, zu zeitig los. Den Anlaß dazu geben folgende Ereignisse. Dem in Uri aufgestellten Hute versagt er die vom Landvogte befohlene Reverenz. Hierüber von Geßler zur Rede gestellt, antwortet er nach Etterlin: „Were ich witzig, so hieße ich anders denn der Tell! Darumb gnediger Herr, so sollen ir mirs verzichen und miner torheit zuo rechnen.“ Dazu macht Spreng folgende Anmerkung: „Täll oder, wie einige Deutschen noch sagen, Talle, heißet nach dem Buchstaben ein Einfältiger; von talen, einfältig und kindisch tuhn. Es scheinet wohl, daß dieses kein eigener noch ererbter, sondern ein angenommener Name gewesen, und vermuhtlich hatten sich Wilhelms sämtliche Bundsgenossen damit unterschieden. Darbey mußte sich gar leichtlich etwas zutragen, daß der Landvogt Desselben entlehnte Einfalt verdächtig finden mußte. Damit er denn aus dem Wunder käme, so war es auch sehr natürlich, daß er den Tällen in eine Versuchung führte, da man glauben konnte, daß sich dessen Herz und

---

*) Alois Lütolf, Sagen aus den fünf Orten Luzern, 1862, S. 57.

Verstand einsmals in seiner wahren Beschaffenheit entdecken würde. Hiermit erging es dem Tällen wie dem Ulysses: Als Diser sich mit einem angenommenen Wahnwitze von dem trojanischen Feldzuge befreyen wollte, so legte man ihm zur Probe seinen jungen Telemach vor den Pflug. Er wußte aber gar säuberlich neben dem Kinde herumzufahren, und verricht auch dadurch, daß ihm an seinen gewöhnlichen Tücken noch nichts abgegangen wäre." Durch dieses Motiv des verstellten Wahnsinns verbindet sich die Eidgenossenschaftsgründungssage enger mit der Hamletsage.*) Es gibt hier den Anlaß, daß Geßler den gleichen Schuß von Tell verlangt, den Egil auf Geheiß Nidungs tun muß und inbetreff des zweiten Pfeiles, den auch Tell, wie Egil und Toko den zweiten und dritten. sich zurechtlegt, gibt er dieselbe Antwort wie diese. Wegen dieser Antwort wird er gefesselt auf das Schiff des Landvogts geführt, um an einem Orte gefangen gesetzt zu werden, wo weder Sonne noch Mond hinscheint, auf dem Wasser aber von seinen Fesseln befreit, um das Fahrzeug, das wegen eines inzwischen ausgebrochenen Sturmes niemand anders zu leiten vermag, über den Vierwaldstätter See zu steuern (*Fährmann? Wasserfahrt?*). Wenn ihm das gelingt, soll er die Freiheit wieder bekommen. Er lenkt aber das Fahrzeug auf eine steile Felsplatte zu, auf die er sich mitsamt der Armbrust, die Geßler hatte für sich behalten wollen, in kühnem Sprunge schwingt. Hierauf eilt er nach der hohlen Gasse bei Küßnacht, wo er den Landvogt, indem er sich hinter einem Busche verbirgt, mit seinem Pfeile durchbohrt (*Durchbohrung*).

Die Eroberung der Burgen Roßberg und Sarnen weisen gleichfalls mythische Züge auf. Roßberg wird mit Hülfe einer Magd erobert, die einen der Eidgenossen zum Buhlen hat und ihn an einem Seile zum Fenster hinauf läßt. An diesem klettern dann 20 seiner Mitverschworenen nach. In die Burg Sarnen bringen 20 Eidgenossen zum Scheine Neujahrsgeschenke. unter den Gewändern aber halten sie auf der Brust Eisenspitzen bereit, die sie dann auf einen Hornruf der außen lauernden 30 Genossen aufstecken, worauf sie die Tore besetzen.**)

Nach Melchior Ruß (1482) erschießt Tell den Geßler sogleich, nachdem er auf die Felsplatte gesprungen ist, und Malleolus (1450). Felix Faber (1488) und Mutius (1539), und mit ihnen die stehende Volkssage in Lowerz erzählen übereinstimmend. Habsburgs Kastellan und Thalvogt über Arth habe eine Jungfrau des Thales entführt oder zu entführen versucht, sei aber von ihren 2 Brüdern auf dem Wege (die Sage sagt, als er seinem Schlosse Küßnach zuritt, in der „hohlen Gasse") umgebracht worden.***) Danach scheint sich also die Sage von dem Tyrannenmorde in der hohlen Gasse bei Küßnach

---

*) Übrigens scheinen die Beinamen der Tyrannenmörder Tell, Brutus und Hamlet alle das gleiche zu bedeuten. über den letzten vgl. die Ausführungen von Detter a. a. O.

**) Sie erobern also Sarnen mit Hülfe ähnlicher Danaergeschenke wie die Brandenburger Rathenow (W. Schwartz, Sagen der Mark Brandenburg, 3. Aufl. S. 40) und wie Bolko II. Landeshut (W. Patschovsky, Sagen des Kreises Landeshut, S. 3).

***) Henne von Sargans in seiner Ausgabe der Klingenberger Chronik, S. 43.

ursprünglich auf einen Untertyrannen Geßlers bezogen zu haben und
nicht auf Geßler selbst. Wie dem auch sei, jedenfalls bietet diese
Volkssage noch ein zweites Gegenstück zur Lukretia und eine über-
raschend genaue Entsprechung der vom Tyrannen geschändeten
Schwester des Harmodios und Aristogeiton, auf die schon S. 25
gelegentlich der Hamletsage aufmerksam gemacht wurde.

Schiller folgt ja nun freilich den jüngeren Chroniken, indem er
den Geßler erst in der hohlen Gasse bei Küßnacht ermorden läßt.
Trotzdem scheint es mir nicht ausgeschlossen, daß er diese Lowerzer
Volkssage gekannt hat. Die Worte des Rudenz:

„Verschwunden
Ist meine Bertha, heimlich weggeraubt
Mit kecker Freveltat aus unsrer Mitte." (IV,2)
erinnern zu auffallend an sie. Vielleicht hat er der Entführten den
Namen Bertha von Bruneck gegeben. Woher hat er aber nun diesen?
Sollte er aus sich heraus die auffallende Form „Bruneckerin" (V,1)
gebildet, sollte er sie nicht vielmehr in einem der vielen Bücher, die
er für seinen Tell durchgelesen hat und die alle nachzuprüfen mir nicht
mehr möglich war, vorgefunden haben? Überhaupt scheint mir
die Frage, was denn nun eigentlich Schiller hinzu erfunden
hat, nach alle dem Angeführten noch vollkommen ungelöst
zu sein. Die mir bekannten Erklärer des Schillerschen Dramas
halten die Gestalt Berthas von Bruneck sämtlich für eine Erfindung
Schillers Dem gegenüber sei darauf aufmerksam gemacht, daß schon
das „weiße Buch" den Tyrannen von Schwytz und Uri „Geßler von
Brunegg" nennt. Eine Verwandte des Landvogts ist sie auch bei
Schiller. Rochholz*) erzählt als „urkundlich beglaubigt" (?), daß ein
Wilhelm Geßler, Twingherr zu Muri und Hermetswil, ums
Jahr 1420 eine junge Adlige um ihres Geldes willen heiratete und
nachher mehrere Wochen lang in einem Kerker auf seiner Burg
Brunegg gefangen hielt. Nun, eine Erbtochter ist
Bertha von Bruneck auch bei Schiller und eingesperrt wird sie
auch, wenn auch in einen Kerker des Schlosses Sarnen. Rochholz**)
erzählt weiter eine Sage, nach der, wiederum auf der Burg Brunegg,
ein Schloßfräulein eingemauert worden sein soll. Wir denken
an die schöne Gießerin Anna Sydow,***) die Geliebte Kurfürst
Joachims II. von Brandenburg, von der die Sage geht, daß sie im
Grunewaldschlosse bei Berlin eingemauert sei und die, wie das
Schloßfräulein auf Brunegg, dort noch als „weiße Frau"
umgehen soll, deren Name ja in Süddeutschland „Bertha"
ist. Die Befreiung der Bertha von Bruneck erinnert zu sehr an das
Schlußbild der Ambalessage S. 20, als daß wir mit Düntzer†) den
Brand des Schlosses Sarnen für eine Erfindung Schillers halten
könnten. Warum soll ferner die Begegnung zwischen Tell
und Geßler im Gebirge durchaus vom Dichter ersonnen sein?
Wir kennen jedenfalls in der Mythologie Derartiges auch. Recht auf-

---

*) L. Rochholz, Tell u. Geßler, Heilbronn 1877, S. 369.
**) A. a. O. S. 482.
***) W. Schwartz a. a. O. Nr. 12.
†) Düntzer, Erläuterungen zu Schillers Wilhelm Tell. Leipzig 1876.

fällig ist auch „Rudolf der Harras". „Harras der kühne Springer" ist aus dem nach einer böhmischen Volkssage gearbeiteten Gedichte Körners wohlbekannt. Ein Harrassprung — freilich nicht auf dem Rosse — wird auch in der Tellsage vollführt, aber von Tell selbst, und während der böhmische Harras vom Felsen ins Wasser springt, springt Tell vom Wasser auf den Felsen. Derartigen Umkehrungen begegnen wir in der Mythologie auf Schritt und Tritt. Harras wie Tell aber unternehmen den verwegenen Sprung, um ihren Feinden zu entgehen (vgl. auch die Anmerkungen auf S. 40 u. 41.[*]) Die Litterarhistoriker haben das Wort!

In der dänischen Tokosage[**]) muß **Toko** den Apfelschuß deshalb tun, weil er sich gerühmt hatte, daß er einen auch noch so kleinen Apfel, der auf einen Stock gelegt würde, aus großer Entfernung mit dem ersten Pfeile treffen würde. Daran schließt sich hier ein Wettschneeschuhlauf zwischen Toko und Harald Blauzahn, in dem Toko an dem am Meeresgestade liegenden Felsen Colla der Macht des Tyrannen durch einen gleichen Harrassprung entgeht, wie Tell an der Felsplatte am Vierwaldstädter See. Sollte der Fels Colla mit dem identisch sein, den nachher Harald mit vereinter Kraft von Menschen und Tieren[***]) heraus reißen läßt. Mähly a. a. O. macht mit Recht darauf aufmerksam, daß Saxo diesen Schneeschuhlauf „mit Ausdrücken bezeichnet, die ebensogut auf Schiff und Schiffahrt passen: *illiso cautibus — vehiculo cui insistebat, excussus — vehiculum egit — ejus regimen intrepida manu continere suffecit.*" Toko erschießt nachher den Harald ebenso aus dem Hinterhalte, wie Tell den Geßler und zwar trifft er ihn bei einem notwendigen Geschäfte in denjenigen Körperteil, den auch Ambales und Brjan sich als Angriffspunkt für ihre Rachetat aussehen. Auf den mir bekannt gewordenen alten bildlichen Darstellungen des schweizerischen Tyrannenmordes erschießt Tell auch den Geßler stets von hinten, allerdings trifft er ihn etwas höher, im Nacken.

Wie Harald Blauzahn mit Toko, so mißt sich in der isländischen Sage Harald Gormsson mit dem im zweiten Teile seines Namens lebhaft an den dänischen Schützen erinnernden **Palnatoki** (..einem Helden, dem vollkommen der Schweizer Tell entspricht." Weinhold.)[†]

Um Wettkämpfe handelt es sich wieder in der Sage von **Heming**, dem Sohne des Aslakr.[††]) Aus der ziemlich verworrenen Form, in der uns diese überliefert ist, läßt sich folgendes entnehmen. Der grausame König Harald Hardradr *(Tyrann)* läßt sich eines Tages zu einem dreinächtigen Besuche bei dem auf der Insel Torg in Halogaland wohnenden reichen Bauern Aslak anmelden. Aslak erklärt, sein Haus sei nicht vorbereitet, den König und seine 100 Mannen auf-

---

*) Vgl. Preußische Jahrbücher 62. J. Mähly, Der Ursprung der Tellsage.
**) Saxo Grammatikus X. vgl. Geschichtsblätter aus der Schweiz 2. Luzern 1865, S. 359.
***) Bei Vezan mit Elefanten, vgl Hüsing Btr. XII.
†) Diese Sage wie die finnischen und esthnischen und abweichende Fassungen der behandelten nordischen konnte ich nicht mehr selber vergleichen. Die Untersuchung, was sie etwa sonst noch an dem Kyrostypus angehörigen Zügen bieten, muß ebenso wie die weitere Verfolgung der Kyrossage bei den Griechen und Römern dem Buche vorbehalten bleiben, zu dem dieses Programm erweitert werden soll.
††) Müller, Sagabibliothek III, S. 356.

zunehmen und will den Besuch durch eine Summe Geldes ablösen. Harald kommt aber doch, offenbar um, falls Aslak erwachsene waffenfähige Söhne hat, diese mit in den Krieg zu nehmen, bekommt aber kein Kind des Bauern zu sehen. Da jedoch des Königs Schwager sich erinnert, in seiner Jugend mit einem Sohne Aslaks, der Heming hieß, auf dem Hofe Aslaks gespielt zu haben, stellt der König den Bauern zur Rede. Aslak antwortet, Heming*) sei wahnsinnig geworden *(vorgegebener Wahnsinn)* und deshalb habe er ihn fort gesandt. Der König verlangt, daß, wenn er nach einem Jahre wieder kehre, er den Sohn zu sehen bekomme wie er auch sei. Bei dieser zweiten Anwesenheit Haralds behauptet aber Aslak, den Befehl des Königs vergessen zu haben. Bei der dritten, zwei Monate später, erklärt der König, er wolle nicht eher wieder wegziehen, als bis er Heming gesehen habe. Da schickt Aslak 12 Männer auf einem Schiffe nach Framnes. Von dort sollen 5 von ihnen ein Felstal aufsuchen, wo Heming bei einem Paar alter Leute in Pflege wäre *(Pflegeeltern)*, und dort sagen, „sie sollten beide ihm folgen, um seines Vaters und Bruders Leben zu retten." Wie auch diese unklare Botschaft gemeint sein mag, jedenfalls erklärt sich Heming bereit, zu Aslak zu kommen. Sie sollten sich nur zur Küste zurück begeben, er werde sich schon einfinden, bevor ihr Schiff abführe. Vier Tage brauchten die fünf Männer, um wieder ans Gestade zu gelangen. Als sie aber das Schiff zur Abfahrt bereit gemacht haben, erscheint Heming auf Schneeschuhen. Er hat erst am Morgen des vierten Tages von seinen Pflegeeltern Abschied genommen. *(Schnellläufer).* Bei seinem Vater angekommen, gibt sich Heming in die Gewalt des Königs. Aslak erklärt diesem, sein Schiff sei zur Abfahrt bereit. Harald aber erwidert, daß er diesen Tag noch da bleiben wolle. Er geht nun mit Heming in den Wald und mißt sich mit ihm im Bogenschießen *(Wettschiessen)*, wird aber von ihm so übertroffen, daß er ihm im Zorne befiehlt, eine Haselnuß vom Haupte seines von ihm zärtlich geliebten Bruders Biörn zu schießen. Heming weigert sich zuerst, den Schuß zu tun; als aber Biörn selbst ihn dazu ermuntert,**) fordert er den König auf, sich neben das Kind zu stellen, damit er den Schuß besser sähe. Harald aber stellt an seiner Statt den Freund Hemings. Odd Ofeigsen, dorthin. Und Heming vollbringt den Schuß, nach einer von Child***) erwähnten Fassung, die ich nicht mehr erreichen konnte, mit einer Lanze *(Treffschuss).* Am Morgen des folgenden Tages meldet Aslak wieder dem Könige, daß sein Schiff zur Abfahrt bereit sei, und erhält dieselbe Antwort. Harald geht mit Heming ans Meeresgestade, erst schwimmt auf Geheiß des Königs Thorbergsen mit Heming um die Wette, wird aber zuletzt so müde, daß er sich von Heming selber an den Strand zurück

---

*) Ist Hem-ing etwa eine Ableitung von Ham-let?
**) Schiller, Tell III. 3. Walther Tell.
  „Großvater, knie nicht vor dem falschen Mann!
  Sagt, wo ich hinstehn soll. Ich fürcht' mich nicht.
  Der Vater trifft den Vogel ja im Flug.
  Er wird nicht fehlen auf das Herz des Kindes."
    und
  „Vater, schieß zu! Ich fürcht' mich nicht!
***) Child. English and Scottish Ballads 3. 1. S. 17.

bringen lassen muß. Nun rüstet sich Harald selbst, mit Heming um
die Wette zu schwimmen (Wettschwimmen). Aslak rät seinem Sohne,
in den Wald zu entfliehen. Dieser springt aber auch ins Wasser
und wird von Harald untergetaucht. Sie bleiben nun in den Wellen,
bis es dunkel wird. Endlich kommt der König allein zurück, so daß
jedermann glaubt, Heming sei ertrunken — vgl. die Wasserfahrt Geßlers
und Tells über den Vierwaldstätter See. Als aber in der Nacht alle
schweigend in der Halle versammelt sind und der König eben seinen
Hochsitz bestiegen hat, tritt Heming ein und zeigt ein Messer, das in
des Königs Gürtel gewesen war, das er ihm also auf der See genommen
haben mußte. Am dritten Tage fragt Aslak wieder den König, ob er
nun abfahren wolle. Er antwortet ja, aber Heming solle mit zum
Festlande. Sie landen an einer steilen Klippe, ein schmaler Steg
windet sich an ihr in die Höhe. Ein Stück unter der Klippenspitze
befindet sich ein vorspringender Fels, so groß, daß ein Pferd
gerade darauf stehen kann. Der König befiehlt Heming, auf
Schneeschuhen nach diesem Felsvorsprung zu laufen. Obwohl die
Erde hart ist und wenig Schnee liegt, vollendet Heming zu aller
Staunen den Weg hin und zurück und bittet, nun aufhören zu dürfen.
Der König aber verlangt von ihm, daß er von der Klippenspitze nieder
auf den Felsvorsprung laufen solle. Heming antwortet, ebenso gut
könne ihn der König töten, und Aslak bietet sein ganzes Gut, um
seinen Sohn zu retten.*) Harald besteht aber auf seiner Forderung.
Heming verbittet sich weitere Fürsprache, geht einen Augenblick beiseite und erhält von Odd Ofeigsen das Linnenkleid des heiligen
Stephan, das gegen jede Lebensgefahr schützt. Der König,
der seinen roten Mantel lose um sich hat, begibt sich auf den Felsvorsprung, steckt seinen Spieß in die Erde und läßt sich von Thorbergsen im Rücken halten, dieser von einem andern Manne des Ge-
folges und so weiter bis unten hin. Heming beginnt von der Klippenspitze herunter zu laufen, auch bei den stärksten Sprüngen verliert er
die Schneeschuhe nicht. Als er sich dem Felsvorsprung nähert, macht
er wieder einen ungeheuren Sprung (Harrassprung! vom Felsen aufs
Meer zu!), läßt die Schneeschuhe fallen und erfaßt niedersausend den
König beim Mantel. Dieser läßt den Mantel los, so daß Heming über
den Rand des Felsvorsprunges hinweg fällt. Er bleibt aber mit dem
Heiligen Stephan Linnenkleid hangen. Odd Ofeigsen wünscht den
König für diese Tat nach Hel, wofür er von diesem erst mit dem
Tode bedroht und dann, von den andern Isländern in Schutz ge-
nommen, in die Verbannung geschickt wird. Heming, der also an
einer ähnlichen Stelle der Gewalt des Tyrannen entrinnt,
wie Tell und Toko, wird wie dieser für tot gehalten, aber vom
heiligen Oluf errettet, der ihm in Aussicht stellt, daß er Zeuge von
Haralds Tod sein werde, er solle ihn aber nicht selber herbeiführen.
Heming lebt nun unter dem Namen Leif am Hofe König Edwards

---

*) Schiller, Tell III, 3. Walther Fürst.
  „Herr Landvogt, wir erkennen Eure Hoheit;
  Doch lasset Gnad' für Recht ergehen, nehmt
  Die Hälfte meiner Habe, nehmt sie ganz!
  Nur dieses Gräßliche erlasset einem Vater."

von England und nimmt schließlich an der Schlacht von Stanford teil, in der auch Harald Hardradr auf der Seite des Gegners mitkämpft. Harald Godvindson versucht vergeblich, Heming dazu zu bewegen, daß er den König Harald Hardradr angreift. Heming macht seinen Todfeind aber wenigstens kenntlich, indem er mit einem Pfeilschusse seinen Knebelbart entblößt, worauf ein anderer ihn erschießt *(Durchbohrung)*.

Diese Sage ist deshalb so ausführlich behandelt worden, weil sie die S. 37 ausgesprochene Vermutung bestätigt, daß auch die Hamletsage mit der Tellsage in näherer Verwandschaft stehen muß. Die Hemingsage zeigt nämlich gewisse Ähnlichkeiten mit der S. 22 ff. besprochenen Sage von Hrôar und Helge. Wifil lebt wie Aslak auf einer Insel Wie dieser den Heming (und Biörn?) vor Harald Hardradr, so sucht Wifil den Hrôar und Helge vor Frôdhi zu verbergen. Heming wird vom Vater für wahnsinnig ausgegeben, und Aslak rät seinem Sohne, als er nicht mehr im Stande ist, ihn vor der Grausamkeit des Königs zu schirmen, wie Wifil seinen beiden Schützlingen, in den Wald zu fliehen.

Ein norwegisches Volkslied „**Jung Heming**"*) enthält die gleiche Sage. Es erzählt nur zwei Wettkämpfe, das Wettschießen und das Wettschneeschuhlaufen. Erst schießen Jung Heming und Harald fünfzehn Pfeile gegen einander, deren Spitzen aber immer in der Luft auf einander treffen. Dann schießt Jung Heming vom Haupte seines Bruders eine halbe Wallnuß herunter. Die andere Hälfte bleibt oben liegen. Vorher hat er wieder einen zweiten Pfeil beiseite getan, über den er nachher die gleiche Auskunft gibt, wie Egil, Toko und Tell. Hierauf läuft Jung Heming auf Schneeschuhen vom „Jähenfels" herunter auf Harald zu, den er beim Achselbein faßt und wider den Grund schleudert. Jedes Mal wird Jung Heming vor Lösung der Aufgabe gedroht, daß er. wenn er sie nicht erfüllt, als Gefangener nach Oringsburg gebracht werden soll.

Die Sage ist dann ganz verchristlicht und zu einer Heidenbekehrungslegende umgestaltet worden in der Geschichte von **Eindridi Ilbreidr** und **Olaf Tryggvason**. Als neuer Wettkampf kommt hier zum Schwimmen und Bogenschießen noch ein Wett-Handschwerterwerfen hinzu. Der König siegt hier. man erkennt aber noch deutlich, daß Eindridi der ursprüngliche Sieger war. Wie Heming kommt er beim Wettschwimmen erst eine Stunde später als der König aus dem Meere zurück, übrigens auf dem Rücken eines Seehundes, wohinter ein alter mythischer Zug sich verbergen könnte *(Reittier)*. Olaf schwimmt ihm aber entgegen und macht ihn in maiorem Dei gloriam durch Untertauchen so matt, daß er vom Könige ans Land gebracht werden muß wie Thorbergsen von Heming. Das Verhältnis ist also hier gerade auf den Kopf gestellt. Nachdem der König am nächsten Tage eine Schachfigur vom Haupte des Schwestersohnes von Eindridi geschossen, aber das Kind dabei verletzt hat, verzichtet Eindridi auf Bitten seiner Mutter und Schwester ganz auf den Schuß. Bedeutsam ist der letzte Wettkampf, das Spielen mit zwei Handschwertern,

---

†) Rosa Warrens, Norwegisahe, Isländische, Faröische Volkslieder der Vorzeit, Hamburg 1866, S. 62 ff.

von denen immer eins am Griffe gefangen wird, während das andre
in der Luft sich befindet. Olaf führt das Spiel aus, indem er dabei
den Rand eines Langschiffes, während es in die See hinaus gerudert
wird, umschreitet, ohne eins der Schwerter zu verlieren und ohne
dabei nass zu werden. Da erklärt Eindridi: „Ich kämpfe nicht gegen
Dich, sondern gegen Gott, der Dich in der Luft trägt" und läßt
sich taufen.

An Heming klingt der Name eines holsteinischen Apfelschützen
an, des **Henning Wulf** (!)*). Er hatte sich gegen König Christiern
empört, wurde aber geschlagen, und als er sich nach der Niederlage
in einem Sumpfe verbarg, wurde er von seinem treuen Hunde, der
ihm dorthin nicht folgen konnte, verraten. Der König versprach ihm
die Freiheit, wenn er einen Apfel vom Haupte seines Kindes schösse.
Er vollführte den Schuß, nachdem er wie Tell einen zweiten Pfeil zu-
recht gelegt hatte, über den er nachher dieselbe Auskunft gab wie dieser.
Darauf wurde er geächtet und sein Land eingezogen. Ein altes Gemälde in der Wewelsfleter Kirche „zeigt auf einem großen grünen
Platze einen Schützen mit abgespanntem Bogen; in einiger Entfernung
vor ihm steht ein Knabe mit einem von einem Pfeile durchbohrten
Apfel auf dem Kopfe. Einen andern Pfeil hat der Schütze noch quer
im Munde. Ein Wolf oder Hund steht zwischen dem Knaben und
dem Schützen und richtet auf diesen seinen Blick." Im Sommer 1902
sah ich an einem Hause eines Dorfes im Unterinntale die Opferung
des Isaak durch seinen Vater Abraham in Form eines Tellschusses
dargestellt   Auch die Engländer haben bekanntlich einen Apfelschützen in *William of Cloudesly,* der übrigens zu einer Dreiheit von
Schützen gehört. Die beiden anderen heißen *Adam Bell* und *Clym
of the Clough***).

Im Anschluß an die Grimmschen Ausführungen a. a. O. ist nun
eine reiche Litteratur über die Tellsage entstanden, in der zahlreiche
Parallelen zu ihr bei allen europäischen und vielen asiatischen Völkern
nachgewiesen sind. Die Verfasser dieser Untersuchungen stimmen
alle in der Anerkennung überein, daß diese Geschichten auf mythischem
Urgrunde ruhen, gehen aber freilich in der Deutung dieses weit aus
einander, wobei große Unklarheit und Verworrenheit zu Tage tritt
und die veraltetsten Theorien immer wieder aufgewärmt werden.

Für unsere Untersuchung von besonderem Werte sind die durch
v. Wlislocki***) mitgeteilten, meist unmittelbar aus dem Volksmunde
geschöpften Märchen, zunächst ein Märchen der transsylvanischen
Rumänen von drei kunstreichen Brüdern **Scharfaug, Schnelllauf und
Triffweit**. Ihnen folgte stets ein dankbarer Wolf, dem sie einmal
einen verwundeten Fuß verbunden hatten. Auf ihrer Suche nach dem
Glücke kamen sie nach einer Stadt, in der eine Königstochter lebte,
die nur den zum Manne nehmen wollte, der sie im Wettlauf besiegte.
Wen sie besiegte, den ließ sie hinrichten. Schnelllauf vermaß sich, sie

---

*) Karl Müllenhof. Sagen, Märchen und Lieder aus den Herzogtümern Schles-
wig-Holstein und Lauenburg, Kiel 1845, Nr. 66.
**) Auch Robin Hood, Little John und Will Scarlet sind drei Treffschützen, wenn
auch gerade der Apfelschuß bei ihnen bis jetzt noch nicht nachgewiesen ist.
***) Z D P 22, S. 99.

zu überholen, erhielt aber schon vorher von ihr den Trauring. Unglücklicher Weise steckte er sich den Ring, in den ein prachtvoller Stein eingelassen war, schon jetzt an. Das Kleinod hatte nämlich die Kraft, den Träger nach kurzer Zeit einzuschläfern. Als Schnelllauf 2 Meilen von der 3 Meilen langen Strecke durchlaufen hatte, sank er nieder und schlief ein. Das sah Scharfaug und erzählte es Triffweit, der sofort mit seiner Flinte den Ring seinem Bruder vom Finger schoß, worauf dieser die Königstochter überholte. Sie verlangte aber von Triffweit noch einen Schuß. Ein Ring wird auf den Kopf Scharfaugs gesetzt, Scharfaug vor Schnelllauf gestellt, auf dessen Kopf eine Kartoffel, also ein Erdapfel, gelegt wird. Triffweit sollte nun durch den Ring die Kartoffel vom Haupte seines Bruders schießen. „Da begann der Wolf zu heulen und wollte auf die Königstochter los springen, aber Triffweit besänftigte ihn und sprach: Warte, bis daß mir der Schuß mißlungen ist.“ Diese Stelle wirft ein Licht darauf, was auf dem S. 43 besprochenen Gemälde der Wewelsfleter Kirche der Wolf oder Hund zwischen dem Schützen und dem Kinde will. Triffweit gelang der Schuß, und die Königstochter mußte Schnelllauf heiraten. Ebenso schießt der **Serbenheld Milosch** mit einem Pfeile durch einen Ring einen Apfel von einer Lanzenspitze herunter und gewinnt dadurch die Lateinerbraut (*Erbtochter*) in der Feste Ledjan (*Turm*).

Auch ein Märchen der Siebenbürgener Zeltzigeuner erzählt von **drei kunstreichen Brüdern**, die sich aber diesmal um drei Königstöchter, drei Schwestern, bewerben — vgl. Wieland. Slagfid, Egil und die drei Schwanenjungfrauen, die drei Söhne des Ugniegawas und die drei Töchter des Ugniedokas S. 47 —. Der älteste gewinnt die älteste Tochter durch Schnelllaufen, der zweite die zweite dadurch, daß er sie mit Hülfe eines Spiegels, in dem man alles sehen kann, im Bauche einer Kuh zu entdecken vermag, der dritte die dritte dadurch, daß er ein goldenes Haar von ihrem Haupte herab schießt. In einem ungarischen Märchen muß **Tschalo Pischta** auf Geheiß eines grausamen Königs vom Haupte seines Vaters einen Apfel herunter schießen, wenn er nicht mit ihm an einen Ort gesetzt werden will, „wo weder Sonne noch Mond scheint“, vgl. die Drohung Geßlers. Hier haben wir also auch beim Apfelschusse eine Vertauschung der Gestalten, was die auf S. 35 und 39 behaupteten Umkehrungen stützt. Vater und Sohn werden übrigens nach dem Schusse von dem grausamen Könige in ein Netz verstrickt, aus dem sie durch den dankbaren Mäusekönig befreit werden, der nachher auch von seinen Untertanen den grausamen König auffressen läßt.*) Dieselbe Vertauschung zwischen Vater und Sohn wie in diesem ungarischen Märchen begegnet ferner in einem Märchen der Bukowinaer Armenier, in dem „**blinden Königssohne**“, dessen Einleitung mit der Geschichte von Solon und Kroisos überein stimmt. Der gute Herrscher, der sich für den glückseligsten Mann der

---

*) Sollte der grausame und geizige Bischof Hatto von Mainz etwa auch niemand anders sein als der Tyrann der Kyrossage? Einen einsamen Turm läßt er gleichfalls bauen, wenn er sich auch hier selber hinein verkriecht, statt wenigstens mit der Tochter zusammen, die ja auch ein Geistlicher nicht haben durfte, vgl. S. 47 Anm.

Erde gehalten hatte, wird von einem bösen entthront und ins Gefängnis geworfen. Sein Sohn wird geblendet und aus dem Lande gejagt. Der unglückliche blinde Königssohn, der stets von seinem treuen Hunde begleitet ist, erhält von dem heiligen Joseph, der vorher die Rolle Solons gespielt hatte, einen goldenen Wunschpfeil und eine Salbe. Mit dieser soll er sich am übernächsten Tage die Augen bestreichen, um das Augenlicht wieder zu erlangen. Am nächsten aber soll er, noch blind, an einem Festschießen teil nehmen, das der grausame König veranstaltet. Dort erregt er dadadurch, daß er trotz seiner Blindheit mit um den Preis sich bewerben will, das Gelächter der Festgesellschaft. Er schießt aber seinen goldenen Pfeil, der immer ungesehen zu ihm zurückkehrt, 33 mal durch einen goldenen Ring, worauf er vom grausamen Könige gezwungen wird, 33 Äpfel vom Haupte seines Vaters herunter zu schießen. Danach tötet er mit demselben Geschoß den König und alle seine Leute. — Solcher Sagen von blinden Treffschützen gibt es viele. Sie weisen darauf hin, daß auch der nordische Hoder unter diesem Gesichtspunkte betrachtet werden muß.

Wir kehren zu einer nordischen Sage zurück: „Örvarodd, von Kind auf ein eifriger Schütze und deshalb Pfeil-Odd genannt, kam unbekannt, ganz in ein Rindenkleid gehüllt, an den Hof König Herrauds. Er nannte seinen Namen nicht und hieß deshalb bloß der Rindenmann (naeframadr). Obschon er sich absichtlich ungeschickt stellte (verstellter Wahnsinn), verriet er dennoch auf einer Jagd seine Schützenkunst und nun wetteten Sigurd und Siolf, die beiden vornehmsten Höflinge, die als Schützen bekannt waren, mit Odds Bankgenossen, wer von ihnen besser schieße, sie oder der Rindenkerl. Die beiden setzten einen Ring von einer halben Mark ein, Odds Freunde zwei Ringe von gleicher Schwere. Am Morgen vor dem Trinken wird vor dem Könige das Schießen gehalten. Sigurd hat den ersten Schuß; sein Pfeil fliegt unendlich weit, und wo er niederfällt, schlagen sie einen Spießschaft ein, auf den ein goldenes Täfelchen gelegt wird. Hierauf schießt Siolf die Tafel herunter. Nun tritt Örvarodd vor und schießt den ersten Pfeil bis zu der Stange; den zweiten schnellt er in die Luft, und als er herabfliegt, fährt er mitten in die Tafel und heftet sie an den Schaft; dann nimmt er den dritten Pfeil und jagt ihn so weit, daß ihn keiner wieder sah. So gewann er unter allgemeiner Beistimmung das Spiel.“*) Ebenso aber ergeht es mit dem Pfeile, den Prinz Achmed im Wettkampfe mit seinen beiden Brüdern abschießt, vgl. Hüsing, VII. Btr. Daß aber alle diese Wettkampf- und Schützensagen mit der Kyrossage zu tun haben, zeigen Hüsings Ausführungen über Kroisos, Prexaspes und Smerdis im II. und VII. Btr. Übrigens sind auch von Nöldeke, Marquart und Stackelberg**) Beispiele für den Apfelschützen im Orient beigebracht worden.

---

*) Weinhold, Altnordisches Leben, S. 301.
**) ZDMA, 58. Bd.

7. Malandrach und Kaiser Trajan.

In dem **slawischen** Märchen vom Prinzen Malandrach*) erlernt der Held von einem Fliegemeister in einem besonders zu diesem Zwecke erbauten Hause das Fliegen, bemächtigt sich heimlich seines Flügelpaares und entflieht damit in ein fernes Land. Dort fliegt er zu der schönen Princeß Salikalla (*Luftfahrt*), die von ihren Eltern, weil sie nach einer Weissagung ihnen nach ihrem 15. Lebensjahre Unglück bringen soll (*Weissagung*), wie Ethnea von Balor in ein turmartiges Gebäude eingeschlossen ist (*Turm*), und knüpft mit ihr einen Liebesbund. Der Mann, von dem der Prinz in der Hauptstadt des fremden Landes aufgenommen wird, bevor er in den Turm zu Salikalla dringt, heißt Achron**).

Wie Malandrach zu Salikalla fliegt in der serbischen Sage Kaiser Trajan täglich von Trojanovgrad über die Save nach Mitrovica zu seinem Liebchen (*Luftfahrt*).***) Eines Morgens verrammeln jedoch seine Feinde, als er bei ihr weilt, die Tür und öffnen sie erst gegen Mittag, und wie er nun nach seiner Burg zurückkehren will, schmelzen seine wächsernen Flügel, und er geht jämmerlich zu Grunde (*Ikaros*). Wenn jedoch von diesem Trajan oder Trojan erzählt wird, daß er außer den Flügeln auch drei Köpfe hatte, so paßt das ursprünglich vielleicht nicht zu ihm, sondern dürfte wiederum auf Verwechslung mit seinem dem Aschdahak entsprechenden Schwiegervater beruhen.

Jedenfalls deutet aber Trajan, wie in seinem Untergange auf Ikaros, dem im Norden Egil mit seinem durch Wielands listig-tückischen Rat vereitelten Fliegeversuche entspricht, in seinem Kopfputze auf Midas, denn er hat gleich ihm Bocksohren†). Dieser Midas dürfte dem Mager entsprechen, der den guten König — womit eigentlich Bardija gemeint wäre — gestürzt hat, der Thronräuber, der den Mangel seiner Ohren durch die Mütze verdeckt, wie Midas die allzu entwickelten Hörwerkzeuge. Daß auch Dareios I. als Reichsneugründer und Besieger des Aschdahak gefeiert worden ist, unterliegt wohl keinem Zweifel.

---

*) A. Dietrich, russische Volksmärchen Leipzig 1831, S. 144.

**) Die Namen Malandrach und Achron und vielleicht auch Salikalla weisen auf griechischen Ursprung dieses Märchens hin. „Malandrach" ist auffällig: denn dieser Prinz kann nicht der schwarze Drache selber sein. Doch könnte er bei der häufigen Vertauschung der Schicksale des Sohnes, Traitana, mit denen des Vaters, Trita, umgekehrt der Töter des schwarzen Drachens sein. Dann könnte vielleicht Malandrach zurückgehen auf μελαν δρακον φορευσας. Davon hätte der Acc. μελαν δρακον φονευσαντα gelautet, woraus dann ein neuer, mißverständlicher Nom. Μελανδραχος φονευσας gebildet wäre. Die Verwechslung lag um so näher, als auch Aschdahak Flügel hatte und gleichfalls ein Schmiedegott sein dürfte, vgl. den litauischen Aukstis S. 47.

***) Mitteilungen der k. k. Centralkommission zur Erforschung und Erhaltung der Baudenkmale 10, Wien 1865, S. 1, F. Kanitz.

†) vgl. Reinh. Köhler, Zur Märchenforschung S. 382/3, wo Bernh. Schmidt (Griech. Märchen No. 4) und Wuk (Volksmärchen der Serben No. 39) zusammengestellt werden. Die von Köhler S. 511 gemachten Angaben habe ich diesmal nicht mehr prüfen können, doch sei hier erwähnt, daß in einem irischen Märchen König Labradh Loingseach Eselsohren hat.

Indessen, dieser Mütze entspricht auch die Kappe, unter der der Held sein Goldhaar verbirgt, und dieser Held ist zwar gleichfalls Midas, aber im freundlichen Sinne, als Trita oder Traitana. In den „Awarischen Texten" Schiefners (Nr. 2) heißt der Held „Bährenohr". Fast könnte man glauben, der Tierohrenschmuck sei in der Familie Aschdahaks erblich, da Traitana ja dessen Enkel ist. Beim Großvater sind es zwei Schlangen, ursprünglich aber vielleicht doch Hörner, die das Bild des Teufels ja wieder aufweist. Und „Iskender" als Traitana hätte die Hörner gleichfalls nach dem Großpapa.

8. Ugniegawas.

Neuen Stoff zur Klärung des Problems der Kyrossage steuert nun vor allem die Sagenwelt der **Litauer** bei. Der litauische Aschdahak ist offenbar A u k s t i s. Wie der keltische Balor hat er ein Auge auf der Stirn (*Kyklops*) und eins am Hinterkopfe. Bei ihm aber ist das vordere Auge das Verderben bringende. Wenn er mit ihm der Erde zu nahe kommt, so fängt sie an zu brennen. Auch in seinem Charakter nähert er sich dem Balor. Er will die Menschen alle vernichten und verursacht darum einen S i n b r a n d *) (*Tote und Lebende*). Die guten Menschen jedoch entgehen diesem; sie fristen ihr Leben in einem g o l d e n e n Palaste — dem W a r a des J a m a —, der im Innern des höchsten Berges der Welt sich befindet. Dieser Palast aber ist von M i c h a e l, U g n i e d o k a s und U g n i e g a w a s erbaut (*Drei Schmiedebrüder*). Demnach sind diese drei Schmiedebrüder die Beschützer der wenigen guten Menschen, die also Vervielfältigungen des einen Kyros zu sein scheinen, wie nach Hüsings Vermutung**) die Joten [Fresser] der nordischen Mythologie Vervielfältigungen des einen Urioten sind. Als sie den Berg verlassen, sendet Aukstis eine S i n f l u t, aus der sie jedoch durch eine N u ß s c h a l e, vgl. den B e c h e r des H e l i o s, in dem H e r a k l e s und S e l e n e fahren, gerettet werden (*Wasserfahrt*). In dieser Nußschale befinden sich wie im Wara des Jama und in der Arche des Noah v o n j e d e r Tierart ein Paar.

Mitunter schmilzt in der litauischen Sage die Dreiheit der Schmiedebrüder in eine Z w e i h e i t zusammen: U g n i e d o k a s und U g n i e g a w a s. Diese beiden Brüder aber halten nur eine Zeit lang zusammen; dann entzweien sie sich. Auch was von diesen beiden erzählt wird, stimmt wieder zur Kyrossage. Ugniedokas, der mit einer Königstochter vermählt war, hatte d r e i T ö c h t e r, Ugniegawas d r e i Söhne. Der auf seinen Bruder neidische Ugniegawas wollte diese mit den drei Töchtern des Ugniedokas verheiraten. Ugniedokas aber schmiedete ihnen d r e i k o s t b a r e D e c k e n, damit sie sich, wann sie wollten, in V ö g e l verwandeln und so den Nachstellungen ihres Oheims

---

*) Veckenstedt, die Mythen, Sagen und Legenden der Zamaiten, Heidelberg 1, S. 35 ff. Man denke auch wieder an unsern Bischof Hatto von Mainz, der die Armen und Dürftigen in einer Scheune einschließt und drin verbrennt, und an den Untergang von Sodom und Gomorrha.

**) G. Hüsing, Iranische Mythologie S. 7.

entziehen könnten. Diese Federdecken aber wurden ihnen von einem
der Söhne des Ugniegawas geraubt, der die Mädchen belauschte, wie
sie in einem einsamen See mitten im Walde badeten. Er gab zwei
der Federdecken seinen Brüdern und behielt eine für sich, wodurch
die drei Jungfrauen in die Gewalt dieser drei Brüder gerieten, vgl.
Slagfid, Egil und Wölund und die drei Schwanenjungfrauen
S. 33. Aus diesem Frauenraube, der an die erzwungene Verbindung
der Töchter des Danaos mit den Söhnen seines Bruders
Aigyptos erinnert, entwickelte sich nun eine erbitterte Feindschaft
zwischen Ugniedokas und Ugniegawas.[*]

Ihre Entstehung wird aber auch noch anders erzählt. Ugniedokas
soll dem Ugniegawas deshalb feind geworden sein, weil dieser ihm
den Gebrauch des Feuers abgesehen und dann den Menschen gelehrt
hatte *(Feuerraub.* Prometheus). Der Austrag dieses Streites aber wird
verschoben, bis die beiden Brüder so viel Waffen verfertigt haben
werden, als Sterne am Himmel stehen. Dann wird der Kampf ent-
brennen und so furchtbar sein, daß die ganze Welt darüber zu Grunde
gehen wird. Übrigens erinnert der Vollzug der Rache des Ugniedokas an Ugniegawas einerseits an die Tötung des Balor durch
Lug, andererseits, was besser zu dem Verhältnis der Gestalten der
Kyrossage unter einander paßt, an die des Mac Kineely durch Balor.
Zunächst brennt nämlich Ugniedokas dem Ugniegawas das Gesicht
aus *(Blendung)*, dann aber wirft er seinen Kopf an den Himmel, wo
er im Monde haften bleibt *(Mimes Haupt)*.

---

[*] Veckenstedt a. a. O. I, S. 145.

Schlußwort.

Hoffentlich hat sich der Leser durch die großen Lücken, die bisweilen zwischen den einzelnen Abschnitten zu klaffen scheinen, z. B. zwischen 1 und 2 oder zwischen 6 und 7 oder zwischen 7 und 8, und durch die mannigfaltigen Andeutungen zahlreicher, strahlenförmig nach allen Richtungen aus einander gehender Fäden nicht über die zu Grunde liegende Einheitlichkeit hinweg täuschen lassen. Es handelt sich darum, erst einmal die Aufgabe von den verschiedensten Seiten anzupacken und zu beleuchten, ehe man den Kern so heraus schälen kann, daß er auf den Leser den gewünschten Eindruck macht.

Es kam uns zunächst darauf an, den zugestandenen *consensus gentium* als einen bei weitem volleren und gewichtigeren zu erweisen, als er bisher anerkannt wurde. Dabei hat der Kyrostypus eine nicht unbedeutende Bereicherung erfahren. Motive, an deren Zugehörigkeit zu diesem man von Anfang an nicht zweifelte, zeigen sich als viel mannigfaltiger verzweigt und verästelt, als wie sie vorher gesehen wurden. So wird es z. B. von nun an nicht mehr angängig sein, die Aussetzung oder die Tieramme als besonderes Haupt-Motiv zu betrachten. Sie erweisen sich viel mehr als Bruchstücke eines anderen Motives, des Motives der Verfolgung die um der Weissagung willen geschieht. Diese Verfolgung findet zweimal statt:

I. unmittelbar nach der Geburt des gefürchteten Kindes,
II. als dieses erwachsen ist.

Die Verfolgung unmittelbar nach der Geburt des gefürchteten Kindes kann bewerkstelligt werden:

1. durch Aussetzung und zwar
   a) auf trockenem Lande (vgl. Kyros selbst), wovon der Sinbrand vielleicht nur eine Seitenentwickelung ist,
   b) auf dem Wasser (vgl. Sigurd), wovon die Sinflut vielleicht wieder nur eine Seitenentwickelung bedeutet.

Die Aussetzung kann wieder wett gemacht werden durch mitleidige Tiere, Tieramme, oder durch mitleidige Menschen, Pflegeeltern, oder durch beide zugleich oder hinter einander.

2. durch Auffressen (vgl. Hades und Poseidon).

Die Verfolgung des Erwachsenen kann bewerkstelligt werden:

1. durch einen Brief, der, dem Gefürchteten mitgegeben, seinen Tod herbeiführen soll (vgl. Hamlet und Kaiser Heinrich),
2. durch Stellung übermenschlich schwerer Aufgaben (vgl. Heming und Tell).

Aber diese oben versuchten Gruppierungen fließen auch wieder
in einander über; denn die aufgefressenen Kinder werden vorher gebraten,' und auf den Brand kann eine Flut folgen und umgekehrt.

Andere Motive, die man bis jetzt nur mit Zurückhaltung zum
Kyrostypus stellte, haben sich als unbedingt zu ihm gehörig er-
wiesen, so besonders das des verstellten Wahnsinns. Endlich
haben ' sich auch einige neue dazu gefunden, unter denen mir der '
Kwirn, der Stein, das Netz und der Stuhl besonders beachtenswert
erscheinen.

Im Laufe der Erörterung hat sich auch manche Gelegenheit von
selbst ergeben, Schlaglichter auf die geschichtliche und zumal auf die
litteraturgeschichtliche Forschung zu werfen und diesen Zweigen der
Wissenschaft Anregungen zu geben, die bis jetzt, wenigstens soweit es
sich um Betätigung auf europäischem Gebiete handelte, ziemlich außer-
halb ihrer Arbeitsweise und ihres Gesichtskreises lagen, die sie aber
werden beherzigen müssen, wenn sie zu einem wahreren Bilde der Vergangenheit und damit auch der Gegenwart gelangen wollen. Daß die
in dieser Schrift behandelten Dinge auch nicht zu unterschätzende
politische Dienste zu leisten im stande sind, haben wir ja noch im
vorigen Jahrhundert an der Kyffhäusersage zu unser aller Freude
erlebt. *)In wie viel höherem Grade mag das nun in verflossenen Jahr-
hunderten der Fall gewesen und bei weniger vorgeschrittenen Völkern
noch heute sein? Und sollte es nicht auch recht ungünstige Wirkungen
davon gegeben haben und noch geben?

*) Dieser Gedanke stammt aus einem unveröffentlichten Vortrage E. Siecke-.

www.ingramcontent.com/pod-product-compliance
Lightning Source LLC
Chambersburg PA
CBHW022201020726
47496CB00008B/2822